Über dieses Buch:

Wyoming, in den Ausläufern der Rocky Mountains, in der Nähe des heutigen Laramie

Zeit: Frühjahr und Sommer 1872

Mickey Callaghan hat einen langen Ritt hinter sich. Er will seine Vergangenheit vergessen. Seine Vergangenheit als Revolverheld, als „Fast Cally" von Laramie.

In Gillette, einem 400-Seelen Nest, findet er Arbeit als Cowboy.

Er lernt neue Freunde kennen, er findet einen alten Freund wieder und es gelingt ihm, das schönste Mädchen im Tal zu erobern.

Bis dahin ist es ein beschwerlicher Weg, hartgesottene Gauner und ein mächtiger Rancher stellen sich ihm entgegen.

Ich bedanke mich bei meiner Frau, meinem größten Fan und gleichzeitig meiner größten Kritikerin, für ihre unermüdliche Arbeit am Manuskript und die schöpferischen Diskussionen.

PETER ECKMANN, geboren 1947, lebt im Niederelbe-Dreieck in der Nähe von Cuxhaven

Ingenieur der Verfahrenstechnik, schreibt unter dem Pseudonym Allan Greyfox Wildwest- und Detektivromane.

Jahrelange Praxis im Schießen mit echten Waffen und insbesondere das „Western-Action-Schießen" haben ihm ausreichend Kenntnisse über die Waffentechnik, die in seinen Büchern eine Rolle spielt, vermittelt.

Der Wilde Westen war eine spannende Zeit, Allan Greyfox versucht, sie in seinen Geschichten wieder lebendig werden zu lassen.

Allan Greyfox

Der Reiter aus Laramie

© 2017 Peter Eckmann
Herstellung und Verlag:
BoD – Books on Demand, Norderstedt.
ISBN: 978-3-7431-2448-6
Version: 6

Der Reiter aus Laramie	7
Der Schmied	14
Der Spieler	19
Die neue Stellung	23
Marilyn Baker	30
Der Rinderbaron	38
Der Banküberfall	42
Die alte Minenstadt	57
Geoffrey Banks	65
Die Double M Ranch	77
Die gefälschten Brandzeichen	92
Gäste bei der Zeitung	102
Der Wunderheiler	111
Die Hochzeitsfeier	129
Der Hinterhalt	148
Im Gefängnis	156
Die Frau des Rinderbarons	170
Nachwort	192

Der Reiter aus Laramie

Es ist Mittagszeit, die Sonne brennt vom Himmel, ein schwacher Wind führt den Duft von Sage mit sich. In der Ferne breitet sich ein großes Tal aus, das von zwei Seiten durch flache Berge eingeschlossen wird. Die Sicht begrenzt zu einer Seite ein hoher Wald, mehr Einzelheiten sind wegen der Ferne und der in der Hitze flimmernden Luft nicht zu erkennen.

Im Schatten der Bäume wird ein Pferd gerade zu dem Bach in der Senke geführt. „Komm, Brighty", spricht der junge Mann zu dem Rappen, „trink erst einmal tüchtig, ich werde mir auch etwas Wasser nehmen."

Der junge Mann heißt Mickey Callaghan. Er ist hier fremd und reitet nur in die Richtung, die ihm die Sonne weist. Vor zwei Wochen hat er Laramie verlassen, seine bisherige Heimat. Was bedeutet schon Heimat für einen Mann wie Mickey? Er hat dort gelebt und gearbeitet, mehr nicht. In Laramie war er zum Schluss der Deputy des Marshalls gewesen. Sein angeborener Instinkt, immer die Aktionen seiner Gegner richtig vorauszuahnen, hat ihm bisher immer geholfen und hat ihn auch das letzte Feuergefecht wie durch ein Wunder überleben lassen.

Sein Pferd hat genug getrunken und zupft nun an dem saftigen Gras, es gedeiht üppig hier am Bach, im Schatten der Bäume.

Mickey sitzt neben seinem treuen Begleiter und sieht ihm zu. Es wird Zeit, dass sie beide wieder in einen richtigen Ort kommen. Er würde gerne wieder mit einem Menschen, statt mit seinem Pferd reden. Sein vierbeiniger Gefährte braucht endlich eine ordentliche Portion Hafer, statt des ständigen Krautes und der Gräser.

Ein schönes warmes Bad könnte dem Reiter auch gefallen, der Staub auf den Wegen hat ihn wie mit Puderzucker überzogen, es rieselt bei jeder Bewegung von seiner Kleidung herunter.

In weiter Ferne, gerade eben noch in der flirrenden Luft zu erkennen, sieht er ein paar Häuser. „Vielleicht können wir beide dort mal eine Pause einlegen, was meinst du, Brighty? Oder vielleicht auch länger bleiben?"

Sein Pferd spitzt die Ohren und wendet seinen schwarzen Kopf mit der auffallenden Blesse dem jungen Mann zu.

Sein Geld geht langsam zur Neige, er muss sich nach einer Arbeit umsehen. Auf jeden Fall will er sich nicht mehr als Revolverkämpfer verdingen. Vom Gunfighter zum hemmungslosen Killer ist ein verdammt kurzer Weg, ein Weg, der zwischen Glück und Unglück, zwischen Leben und Tod, entscheidet. An dieser Schwelle zum Killer hatte er vor zwei Wochen gestanden und die grausame Kälte verspürt, die ihm von der anderen Seite entgegenschlug. Er muss und will dieser gefährlichen Neigung ein Ende bereiten, bevor sie ihn vernichtet.

Was soll er jetzt machen? Bisher hat er sich immer mit Hilfe seiner Waffen über Wasser gehalten, mal als Gehilfe des Marshalls, als Troubleshooter bei der jungen Eisenbahn oder auch als Leibwächter. Das muss jetzt ein Ende haben, denn bei seinem letzten Job hat er ein Dutzend Leute erschossen. Bei jedem Einzelnen war es Notwehr gewesen, oder es waren gemeine Verbrecher, die ihr Leben lassen mussten. Egal - er kam mit den vielen Toten, die er hinterließ, nicht mehr zurecht. Ihre Gesichter tauchten manchmal in seinen Träumen auf. Er musste jetzt endlich sein Leben ändern, deshalb war er aus

Laramie geflohen, um weit fortzureiten. Weit fort, irgendwohin, wo man ihn nicht kannte und wo man ihn nicht als »Fast Cally« fürchten musste.

Er rollt seine Decke zusammen und bindet sie hinter dem Sattel fest. Ausgeruht trägt ihn sein treuer Gefährte den Hügel hinunter, in das weite, grüne Tal hinein.

Mit vierzehn Jahren ist Mickey von zu Hause ausgerissen. Sein Vater hatte ihn mit seinen ständigen Schlägen aus dem Haus getrieben. Der Vater war groß und kräftig und pflegte seine Probleme mit Gewalt zu lösen. Der Junge war nie aufsässig und gab seinem Vater keinen Grund für seine Ausbrüche, aber das spielte keine Rolle. Wenn dem Vater danach war, musste Mickey herhalten.

Seine Mutter war das genaue Gegenteil, sie war klug und sanftmütig und hatte Mickey trotz aller Schwierigkeiten eine ausreichende Ausbildung zukommen lassen. Nach einem der häufigen Auseinandersetzungen mit seinem Vater hatte er in einer Nacht sein Zuhause verlassen.

Der Junge hatte sich eines der Pferde aus dem Stall genommen, dazu eine Decke, und war davongeritten. Für immer. Für seine vierzehn Jahre war er groß und kräftig, dazu klug und aufmerksam, sodass man ihn gerne als Helfer nahm. Nach einer kurzen Zeit des Herumtreibens trat er als Soldat in die Armee der Nordstaaten ein. Rasch zeigte sich sein großes Geschick im Umgang mit Waffen. Der raue Umgang der Soldaten untereinander, und die in den Gefechtspausen immer wieder stattfindenden sportlichen Boxkämpfe, schärften seine Sinne und Fähigkeiten, um aus einem Kampf als Sieger hervorzugehen.

Nach dem Ende des Bürgerkrieges fand er Arbeit in der Tischlerei einer Dampfschiffreederei, es folgte eine Arbeit in der Waffenvertretung bei einem Freund in New Orleans. Ja, dort hatte es ihm gefallen, gerne denkt er daran zurück Er lernte dort seine große Liebe kennen. Ein grausames Unglück zwang ihn jedoch, Louisiana zu verlassen, er schloss sich einem Rindertreck von San Antonio nach Abilene als Viehtreiber an.

Es gab dort einen sehr erfahrenen Cowboy, der Gefallen an dem aufgeweckten jungen Mann gefunden hatte und ihm während des Trails viel von seinen Kenntnissen vermittelte. Am Ende des Viehtriebs, in Abilene, bekam er die freie Stelle des Marshalls. Und wieder dauerte auch diese Arbeit nicht lange. Er nahm den Job eines »Troubleshooter« bei der Union Pacific an, die im Frühjahr 1869 ihre Bahnlinie über den Kontinent fertigstellte. Es folgte der Job eines Bodyguards und dann die des Deputys in Laramie.

Gillette heißt der Ort, den sie erreichen, ein verwittertes Schild steht vor einer Ansammlung aus windschiefen Häusern mit grauen Dächern. Die Anzahl der Einwohner verkündet das Schild auch: »Population 412«. So richtig groß ist der Ort gerade nicht, es ist mehr ein Nest, als eine Stadt. Dieses Nest unterscheidet sich nicht von den vielen anderen Orten, die er inzwischen gesehen hat. Es gibt eine Hauptstraße, die von hölzernen Gebäuden gesäumt wird, ein überdachter Gehweg aus Holz, der Boardwalk, führt an beiden Seiten entlang. Ob es noch mehr Straßen gibt, kann er noch nicht erkennen.

Es gibt auf jeden Fall zwei Saloons. Einer ist der »Red Bull«, der andere ist der »Cattlemen's Palace». Beide stehen sich an der Hauptstraße fast gegenüber. Ein Gebäude scheint das Rathaus zu sein, auf dem Dach ragt ein kleines Türmchen mit einer Uhr empor. Und richtig, als er daran vorbeireitet, kann er

»Town Hall«, Rathaus, auf dem Schild neben dem Eingang lesen. Fünfzig Schritte hinter den beiden Saloons befindet sich der Eingang zu einer Bank.

Hinter den Dächern ragt die Windmühle einer Bewässerungspumpe empor, das rhythmische Quietschen tönt bis zum Reiter hinunter. Neben dem Poltern des gerade vorbeifahrenden Wagens ist es das einzige Geräusch, das zu ihm dringt. Die Straße ist sandig, die Hufe seines Pferdes ziehen kleine Staubwolken hinter sich her.

Es ist inzwischen Abend, auf beiden Seiten der Straße treiben sich etliche Cowboys herum, sie sitzen auf dem Boardwalk oder stehen neben ihren Pferden. Neugierig drehen sie ihren Kopf zu dem Ankömmling auf dem schwarzen Pferd mit der weißen Blesse. An seinem Sattel sind die üblichen Utensilien, wie Essgeschirr, eine Decke und Trinkflasche, angebunden. Auch die Winchester 66, ein Repetiergewehr mit Systemkasten aus Messing, das am Sattel des fremden Reiters blinkt, ist nicht ungewöhnlich.

Mickey spricht einen von ihnen an. „Howdy! Wo kann ich mein Pferd unterstellen? Wir haben einen langen Ritt hinter uns."

Der Alte mustert ihn einen Moment und weist mit der Hand geradeaus. „Die Straße hinunter ist der Mietstall."

„Thanks!", Mickey tippt an seine Hutkrempe, er reitet langsam weiter und spürt dabei die neugierigen Blicke der Männer in seinem Rücken.

Er führt sein Pferd in den Stall, endlich bekommt sein treues Tier den Hafer, den es so gerne frisst. Mickey schnallt den Sattel ab und legt ihn vor Brighty in die Box. Der Gehilfe erhält einen Vierteldollar, Mickey erkundigt sich nach einer Möglichkeit zum Essen.

„Das Boardinghouse ist in der nächsten Straße links, es ist nicht zu verfehlen. Das Essen ist gut und die Betten sind sauber." Mickey bedankt sich, nimmt sein Gepäck und überlässt sein Pferd der Fürsorge des alten Mannes. Es gibt also noch mehr als eine Straße, er geht zu der Kreuzung mit der erwähnten Nebenstraße, dort sieht er auch einen Gunshop und einen General Store. Es gibt sogar noch ein winziges Büro mit einer Riesenaufschrift: »Gillette Mirror«. Allerhand, eine Zeitung, das hatte er nicht erwartet.

»Pete's Boarding House« ist ein kleines Lokal, das um diese Zeit mit lärmenden Gästen überfüllt ist. Die Einrichtung ist einfach und praktisch, Tische und Stühle sind aus rohem Holz gezimmert. An jeder Seite des Raumes ist eine Petroleumlampe befestigt, eine dritte hängt in der Mitte der Decke, dort wo Mickey einen Platz gefunden hat. Die Decke oberhalb der Lampe ist schwarz von Ruß. Der flackernde Schein ergießt sich in den Raum und beleuchtet etwa ein Dutzend Gäste mit gelbem Licht. Es sind ausschließlich Männer, die hier sitzen, sie verfolgen Mickey mit neugierigen Blicken, ohne ihre Unterhaltung zu unterbrechen.

Ein höchstens zwölfjähriger Junge nimmt seine Bestellung entgegen. Es gibt nur ein Gericht, so bestellt er wie die anderen Gäste ein Steak mit Bohnen, dazu ein Bier.

Er sitzt mit einem älteren Cowboy am Tisch, sein Gegenüber hat schulterlange, dunkle Haare, die an der Stirn schon etwas schütter sind. Er ist mit seiner Mahlzeit fertig und mustert Mickey aufmerksam, schließlich kommt die unvermeidliche Frage: „Hallo, Fremder, wo kommst du denn her?"

Mickey nickt bedächtig und gibt ihm eine ausweichende Antwort. „Ich bin auf der Suche nach Arbeit." Er zögert einen

Moment. „Ich will etwas Neues versuchen, und nehme alles, was sich anbietet."

Der Cowboy sieht ihn aufmerksam an. „Der Sheriff ist nicht hinter dir her, oder?"

Mickey kann ihn beruhigen. „Nein, keine Sorge, ich bin zwar kein Unschuldsengel, aber zu richtigen Untaten hat es nicht gereicht."

Der Alte grinst. Obwohl, so alt ist er auch wieder nicht, er mag Ende dreißig sein. „Schon gut, eigentlich will ich es gar nicht wissen, auf so eine Frage bekommt man ohnehin nie eine ehrliche Antwort." Er streut Tabak aus einem kleinen Lederbeutel auf ein Stück Reispapier, mit geschickten Fingern rollt er in Sekunden eine etwas krumme Zigarette. Mit den Fingernägeln kneift er überstehende Tabakreste ab und zündet sich den Glimmstängel mit einem Streichholz an. Er nimmt einen Zug und sieht Mickey wieder an. „Wegen des Jobs habe ich eine Idee. Weißt du, ich bin Cowboy auf der Ranch von Tippy Overbeck, die haben dort gut zu tun und können jede Hand gebrauchen. Wie kannst du mit Rindern umgehen?"

Mickey muss nicht lange überlegen. „Ich kenne vieles, das mit Rindern und Weidebetrieb zu tun hat, ich habe einen langen Roundup mitgemacht, das Einfangen und Brennen von Kälbern war einige Wochen meine tägliche Arbeit."

Das ist allerdings schon ein paar Jahre her, denkt er. Vor und während des Trecks von San Antonio nach Abilene hatte ihn ein sehr erfahrener Cowboy unter seine Fittiche genommen. Jubal Cherfield, oder auch Cherry. Ja, der hatte alles gewusst, was es über Rinder zu wissen gab. Am Ende des Trails, in Abilene, hatte Mickey den Job des Marshalls angenommen und seinen alten Lehrmeister aus den Augen verloren.

Der Cowboy nickt. „Das klingt nicht schlecht. Ich bin heute und morgen hier, um einzukaufen. Ich mach dir einen Vorschlag: Du fährst Morgen mit mir auf meinem Wagen zur Ranch zurück, dein Gaul läuft hinterher. Das wird etwas länger dauern, ich kann dir bei der Gelegenheit Einiges über die Menschen hier im Tal erzählen." Er zögert einen Moment. „Außerdem muss ich Miss Helen mitnehmen, die muss auch wieder nach Hause."

Mickey sieht ihn fragend an.

Der Cowboy - er hat sich inzwischen als Jimmy Buskop vorgestellt - fährt fort: „Weißt du, Helen ist die Tochter von unserem Chef, Tippy Overbeck. Sie ist mit dem Zeitungsmann hier im Ort verlobt. So wie ich höre, soll die Hochzeit wohl noch diesen Sommer sein." Er lächelt. „Immer wenn ich hier in den Ort fahre, kommt sie mit, um ihren Schatz zu besuchen."

Er grinst, Mickey lächelt und nickt wissend. Er denkt kurz an seine Verflossenen zurück, es waren einige sehr nette Mädchen dabei. Eine ernsthafte Beziehung hatte es gegeben, ein schwerer Schicksalsschlag hatte seine damaligen Zukunftspläne jedoch gnadenlos zerstört.

Der Schmied

Am nächsten Morgen wacht Mickey ausgeruht auf. In der Nacht war es absolut still, seit halb sechs dringt nun allerlei Lärm aus der Gaststube. Man hört Geschirr klappern, Rufe ertönen.

Es duftet nach frischem Kaffee, Mickey freut sich aufs Frühstück. Danach muss er unbedingt ein Bad nehmen, auch seine Kleidung muss gewaschen werden, der Staub rieselt überall heraus.

Das Essen ist gut und reichlich, es gibt Schinken mit Rührei, dazu ein paar Scheiben Brot und einen Pott Kaffee. Auf dem Herd steht eine Emaillekanne, aus der sich die Gäste bedienen können. Er wendet sich an den Jungen, der hier wieder bedient und aufmerksam die Gäste beobachtet. „Sag mal, mein Junge, kann ich hier irgendwo meine Wäsche waschen lassen?"

Der Junge nickt. „Klar! Meine Schwester kann das für Sie machen, ich glaube, heute ist ohnehin Waschtag. Ich werde ihr gleich Bescheid sagen."

Keine zehn Minuten später steht ein junges Mädchen vor ihm. Sie ist höchstens sechzehn Jahre alt, die dunklen Haare sind zu einem Zopf geflochten, sie hat eine Schürze vor ihren schmalen Körper gebunden.

„Mister, mein Bruder hat mir gesagt, dass Sie etwas zu waschen haben?"

Mickey lächelt die Kleine an. „Ja, eigentlich alles, was ich trage, ich will nach Möglichkeit auch gleich baden. Kannst Du in der Zwischenzeit meine Wäsche waschen?"

Das junge Mädchen lächelt zurück, der große, gutaussehende Fremde, gefällt ihr. „Wir haben hinten auf dem Hof ein Wasch- und Badehaus, dort können Sie hingehen. Die Wäsche wird heute nicht fertig, die muss ich Ihnen nass mitgeben, Sie müssen sie später zum Trocknen aufhängen." Sie mustert ihn von oben bis unten. „Sie brauchen etwas zum Anziehen, bis Ihre Kleider trocken sind. Ich habe ein paar Sachen von früheren Gästen, die hier etwas liegengelassen haben, das müssen wir mal durchsehen."

Unter viel Gelächter des Mädchens finden sie, was Mickey benötigt. Keine zwei Teile passen zusammen, auch die Größe stimmt meist nicht, bis zum nächsten Tag wird es genügen müssen. In der neuen, sauberen Kleidung kommt er sich wie ein anderer Mensch vor. Er sieht ganz verändert aus und bringt mit den bunt zusammengewürfelten und selten passenden Teilen andere eher zum Lachen als zum Fürchten. Es scheint ihm, als wenn die veränderte Kleidung den Wunsch nach Veränderung in seinem Leben widerspiegelt.

Am späten Vormittag ist er fertig gebadet. Er fühlt sich endlich sauber und erfrischt, die Wäsche trocknet auf der Leine und er trägt die geliehene Kleidung.

Mickey geht zum Livery Stable, löst sein Pferd aus, sattelt auf und bindet seine wenigen Gepäckstücke fest. In dem kleinen Sack befindet sich neben seinem Rasierzeug ein weiterer Revolver mit Holster. Es ist nicht unbedingt nötig, dass er schon von weitem als Revolverheld zu erkennen ist, deshalb hat er seine zweite Waffe im Beutel gelassen.

Er steigt auf sein Pferd und beginnt, die Stadt zu erkunden. Es gibt zwei Kreuzungen mit je zwei kurzen Querstraßen, keine länger als einhundert Schritt. Von weitem kann er das Marshalls Office erkennen, da wird er bei der nächsten Gelegenheit auch hinreiten, um sich dem Gesetzeshüter vorzustellen.

Er hört in der Nähe die typischen Hammerschläge einer Schmiede. Bei den Tönen fällt ihm etwas ein, es gab da einen guten Freund, den er seit einem Jahr schmerzlich vermisst. Neugierig geworden, wendet er sich in die Richtung des Lärmes. Ein Pferd steht dort und erhält gerade ein neues Hufeisen. Es riecht nach verbranntem Horn, als der Schmied das noch heiße Eisen mit der Zange auf den Huf presst.

Als Mickey den Schmied mustert, fällt ihm Vieles wieder ein. Er kennt den kräftigen Mann, viele Schmiede sind starke Burschen, dieser hier übertrifft sie alle. Er hat einen mächtigen Oberkörper entblößt, der Schweiß glänzt in der Sonne. Der

Mann ist groß, nicht ganz so groß wie er, stattdessen unglaublich muskulös. So einen breiten Rücken und so kräftige Arme sieht man nur selten. „Peter! Peter O'Connell!"

Der Schmied sieht hoch und dreht sich um. „Was kann ich für Sie tun, Fremder?" Doch dann glättet sich die Stirn und er ruft: „Mickey, bist du es? Mein Gott, ich hätte dich fast nicht erkannt."

Mickey steigt von seinem Pferd und umarmt den alten Freund. „Mensch Peter, das tut gut, dich zu sehen!"

Sie schauen sich wortlos an. In dem kurzen Moment laufen bei beiden Männern Bilder aus der Vergangenheit ab. Der Schmied findet als Erster seine Worte: „Gib mir noch ein paar Minuten, dann habe ich dieses Pferd fertig beschlagen, wir können uns dann in Ruhe unterhalten."

„Lass dir Zeit", sagt Mickey und greift nach seinem Tabakbeutel, „ich warte gerne."

Geschickt dreht er eine Zigarette, streicht ein Zündholz an, hält die Zigarette an die Flamme, und beginnt zu rauchen. Er lehnt sich im Schatten an die Wand, sieht dem Rauch der Zigarette hinterher und kramt in seinen Erinnerungen.

Peter war der Gehilfe eines Schmiedes in Laramie gewesen, er war von einem Tag auf den anderen verschwunden, niemand wusste, wo er hingegangen war. Mickey war ratlos und gab nach einiger Zeit die Suche auf. Vergessen hatte er Peter nie, er hatte den gutmütigen und lustigen Kerl gemocht.

Der Schmied nagelt das Eisen fest und gleicht den Huf mit ein paar Strichen einer groben Raspel noch etwas an. Danach wendet er sich zu Mickey und setzt sich zu ihm in den Schatten.

Peter O'Connell dreht sich ebenfalls eine Zigarette und entzündet sie. Er sieht dem kräuselnden Rauch hinterher und beginnt zu erzählen.

Vor einem Jahr waren seine Frau und ihr einziges Kind bei einem Indianerüberfall ums Leben gekommen. Weil ihn alles um ihn herum schmerzlich an seine verlorene Familie erinnerte, hatte er sich damals sofort entschlossen, die Stadt zu verlassen und woanders neu anzufangen. Es ergab sich, dass hier in Gillette eine leere Schmiede stand. Schmied, das war das, was er konnte, und er hat angefangen, die verlassene Werkstatt wiederzubeleben. Inzwischen ist er als tüchtiger Handwerker bekannt und kann sich über Mangel an Arbeit nicht beklagen.

Mickey hört schweigend zu, als sein Freund erzählt. So lustig wie früher scheint er nicht mehr zu sein, er ist ernst geworden. Ernst und nachdenklich. „Tut mir leid, wegen Deiner Familie…."

Der Schmied senkt den Kopf und fragt dann unvermittelt: „Und du? Was machst du hier?"

„Zu allererst habe ich eine ganz große Bitte: Erzähl bitte niemandem, dass ich »Fast Cally« genannt wurde, niemandem! Ich möchte diesen Teil meines Lebens hinter mir lassen und jetzt ganz neu anfangen."

Peter O'Connell nickt. „Okay, kein Problem, das kann ich gut verstehen."

Mickey erzählt von der Möglichkeit, auf der Ranch der Overbecks eine Stelle als Cowboy bekommen zu können.

„Das ist gut, die Overbecks haben eine gut laufende Ranch und behandeln ihre Leute anständig. Da kannst du ohne Bedenken anfangen."

Es gibt für beide viel zu erzählen. Mickey ist glücklich, seinen Freund wiedergefunden zu haben, doch dann drängt die Arbeit in der Schmiede wieder, der Reiter aus Laramie muss sich verabschieden. „Bis bald, mein Freund, ich sehe wieder vorbei, sobald es passt!" Er steigt auf sein Pferd und trottet langsam zur Hauptstraße zurück. Der kleine Ort wirkt wie im Schlaf, das scheint der normale Zustand zu sein. Lediglich vor dem Saloon stehen ein paar Männer im Schatten und unterhalten sich.

Der Spieler

Mickey will sich noch ein wenig in der Stadt umsehen, er hat mit Jimmy Buskop vereinbart, sich kurz nach zwölf mit ihm vor dem Büro der Zeitung zu treffen. Das Mädchen im Boarding House wollte bis dahin seine Wäsche fertig haben. Trocken würde sie dann noch nicht sein, er müsste sie später irgendwo aufhängen.

Er reitet bis vor die beiden Saloons, steigt ab und bindet sein Pferd an. Er bleibt auf dem Boardwalk stehen und sieht zu einem zerlumpten Kerl hinunter. Es ist ein Indianer, er ist schmutzig und ist in eine Decke gehüllt. Er sieht unterwürfig zu Mickey hinauf, ganz nüchtern scheint er auch nicht zu sein.

„Hey, großer Häuptling", sagt Mickey und wirft ihm einen Vierteldollar zu. „Kauf dir was zu essen, aber hau es nicht für Whisky auf den Kopf!"

Der Indianer bedankt sich mit einem Nicken, dann tritt Mickey Callaghan durch die Schwingtür in den »Cattlemen's Palace«.

Es ist wegen der frühen Tageszeit - jedenfalls früh für einen Saloon - noch nichts los. Hinter der Theke steht der Barkeeper und versucht vergeblich, mit einem Tuch der Platte etwas Glanz zu verleihen. Er sieht kurz hoch, als Mickey eintritt. An einem Tisch im Saloon sitzt ein Mann und spielt alleine Karten

- es ist wohl eine Patience, oder ein ähnliches Spiel für eine Person.

„Darf ich mich zu Ihnen setzen und ein bisschen zuschauen?", fragt Mickey.

„Kein Problem, ich vertreibe mir nur die Zeit und bin für jede Abwechslung dankbar." Er erhebt sich kurz und reicht Mickey die Hand. „Ich bin Matthew Richmond, du kannst auch Matt zu mir sagen." Er nickt seinem Gast freundlich zu und setzt sich wieder. Mickey erfährt, dass Matthew Richmond sich sein Geld als professioneller Kartenspieler verdient. Er gibt dem Wirt einen kleinen Anteil, dafür hält er einen Tisch für den Spieler frei.

„Und, kannst du davon leben?", fragt Mickey.

„Es ernährt mich so gerade. Ich muss immer etwas in Reserve haben, weil man mitunter auch mehrmals an einem Abend verlieren kann, bisher hat es immer gepasst."

„Die Spieler, die ich kennengelernt habe, haben alle betrogen, wie hältst du es mit der Ehrlichkeit?"

Matthew Richmond zieht seine Augenbrauen zusammen und sieht Mickey verärgert an. „Noch so ein Spruch, und ich werde dich abknallen müssen." Doch dann grinst er und schüttelt den Kopf. „Nein, ich spiele absolut ehrlich, es gibt allerdings immer wieder Gesellen, die mir das nicht abnehmen." Er greift mit einer Hand unter den Tisch und zieht einen kleinen, doppelläufigen Deringer hervor. „Für alle Fälle habe ich noch diese kleine Sicherheit. Es gibt manchmal Spieler, die nicht glauben wollen, dass ich nicht betrüge. Vor allem, wenn sie verlieren, dann kann es Ärger geben. Für die ganz harten Fälle habe ich noch das hier." Matthew Richmond lüftet seine Jacke, in einem Schulterholster ist ein Sixshooter zu sehen.

Mickey lächelt ihn an und grinst. „Und, reicht das immer aus? Pass mal auf, ob du das hier mitbekommst!"

Er macht eine rasche Bewegung mit der Hand, schneller als ein Lidschlag und plötzlich sieht Matthew in die Öffnung des Peacemaker: „Peng, du bist tot!"

Der Spieler wird kurz blass, er fasst sich wieder und grinst ihn an. „Mein Gott, Mickey! Du hast mich zu Tode erschreckt! So ein Tempo sieht man nicht alle Tage. Triffst du auch so gut, wie du ziehst?"

Mickey verkneift sich eine Antwort, und steckt den Revolver wieder ein. Verdammt! Eigentlich wollte er nicht den schnellen Revolverhelden hervorkehren, er ärgert sich, dass er sich hat hinreißen lassen. So etwas spricht sich schnell herum, für einen Moment konnte er nicht widerstehen. Sie sind noch allein in diesem Teil des Raumes, sodass niemand seinen Rückfall in die Zeiten mitbekommen hat, die er eigentlich hinter sich lassen wollte. Er räuspert sich verlegen. „Entschuldige, das überkam mich gerade, behalt das bitte für dich, ja?" Er ruft in Richtung Theke: „He, Barmann! Einen Whisky für mich und meinen Freund hier!" Er erfährt anschließend noch ein paar weitere Einzelheiten über die Saloons und ihre Besucher. Der Cattlemen's Palace hat ein paar Spieltische, er ist auch etwas größer als der Red Bull gegenüber, dafür gibt es im Red Bull ein paar sehr freundliche Damen. Der Red Bull wird fast ausschließlich von den Reitern der Strich-B Ranch besucht, andere Besucher wagen sich nur selten hinein.

„Ach", entfährt es Mickey, „wie kommt denn das?"

„Ja, das ist eine unangenehme Geschichte", fährt Matthew Richmond fort und erzählt seinem aufmerksamen Zuhörer von den ständigen Streitigkeiten zwischen dem Rinderbaron William Breckinridge und seinen Männern mit den anderen, kleineren Ranchern auf der Südseite des Brazos River.

„Der große Rancher erschwert den kleinen Rinderzüchtern das Leben, um ihnen ihr Land später für wenig Geld abkaufen zu können. Man spricht auch davon, dass eine Bande um zwei Revolvermänner, sie heißen Dusty MacKenzie und Geoffrey Banks, ebenfalls auf William Breckinridges Gehaltsliste stehen. Dafür machen sie in seinem Auftrag den kleinen Ranchern das Leben schwer."

Mickey runzelt die Stirn, das hört sich nach Ärger an. Nach der Sorte Ärger, der er in seinem neuen Leben eigentlich aus dem Weg gehen wollte.

„Sagt man", sagt Matthew und hebt seine Hände abwehrend hoch. „Bislang gibt es keinen Beweis dafür." Allmählich füllt sich der Gastraum und der Barkeeper bekommt zu tun. Mickey steht auf und verabschiedet sich. „Mach's gut, Matt! Viel Glück beim Spiel und bis bald, wir werden uns sicher wiedersehen", sein Gesicht verzieht sich zu einem Grinsen. „Ob ich allerdings gegen dich spielen werde, weiß ich nicht so recht."

Ihm fällt der Indianer ein. „Sag mal, was ist denn das für ein Häufchen Elend vor der Tür?"

„Das ist der Junge Falke, das heißt, so jung ist er auch nicht mehr. Ein Indianer, ein Cheyenne, soweit ich weiß. Er sitzt dort den ganzen Tag und lebt von gelegentlichen Almosen. Wenn du etwas von ihm willst, musst du jetzt mit ihm sprechen, ab dem späten Nachmittag ist er meistens sturzbesoffen."

Mickey bedankt sich und geht vor die Tür. Dort wendet er sich an den Indianer. „Ich habe gehört, du bist der Junge Falke?"

Die Rothaut sieht zu ihm hoch und nickt.

„Ich bin Mickey Callaghan, du kannst auch Mick zu mir sagen. Was hältst du davon, wenn du in Zukunft auf mein Pferd aufpassen würdest, wenn ich in der Stadt bin? Du bekommst jedes Mal einen Dime."

Der Indianer nickt und spricht etwas undeutlich, Mickey muss genau hinhören, um ihn zu verstehen. „Vielen Dank, Mister", er fügt hinzu: „Junger Falke Ihnen helfen, wenn Sie mich brauchen, brauchen nur fragen."

„Okay, ich komme bestimmt darauf zurück". Jetzt kommt ihm ein Gedanke. Gerade in einer Stadt, in der man neu ist, kann man gut ein paar Augen und Ohren gebrauchen. Deshalb beugt er sich zu dem Indianer hinunter. „Bekommst du eigentlich mit, was hier den ganzen Tag abläuft?"

Der Indianer sieht sich um und flüstert dann: „Junger Falke alles mitbekommen - beinahe alles. Leute denken, Junger Falke immer betrunken, das sein falsch, Junger Falke meditieren und schlafen."

„Kannst du für mich ein bisschen aufpassen, geht das? Halte nur Augen und Ohren offen und erzähl mir, was du beobachtet hast. In dieser Stadt scheinen komische Dinge abzulaufen. Ich werde selten hier sein, da kann ich hier gut einen Kundschafter gebrauchen, hier hast du schon mal einen Vorschuss." Mickey beugt sich zu dem Indianer hinunter und gibt ihm wieder einen Vierteldollar.

Die neue Stellung

Sein Treffen mit Jimmy Buskop rückt heran. Er will ihn nicht warten lassen, also steigt er auf sein Pferd, und reitet zu dem Büro der Zeitung. Der kleine, offene Wagen steht schon dort und ist auch schon gut beladen. Jimmy Buskop und eine junge Frau kommen aus dem Büro heraus. Sie gibt dem in der Tür stehenden Mann noch einen Kuss, dann drehen sie sich zu Mickey um.

Der steigt ab und fasst an die Krempe seines Hutes. „Ma'am! Es freut mich, Sie zu sehen."

Jimmy stellt sie alle vor, Mickey lernt nun den Herausgeber und einzigen Mitarbeiter des »Gillette Mirror« kennen. John Clarkdale ist vielleicht Anfang dreißig und trägt einen Anzug mit einer kunstvoll gebundenen, schwarzen Schleife. Er begrüßt Mickey freundlich. Das Mädchen heißt Helen Overbeck, sie ist eine groß gewachsene, rothaarige junge Frau, sie mag etwa in Mickeys Alter sein.

Er nimmt seinem Pferd den Sattel ab und legt ihn auf den Wagen. Da der Kutschbock mit Jimmy und dem jungen Mädchen besetzt ist, sucht er sich einen Platz auf der Ladefläche, dann beginnt die Fahrt. Sein Pferd ist hinten angebunden und trottet geduldig hinterher.

Während der Fahrt mit dem Wagen erfährt Mickey allerlei über das Tal hier am Brazos River. Auf der Nordseite des Flusses gehört alles Land dem Rinderbaron William Breckinridge. Er will es noch auf die Südseite des Flusses ausweiten, dafür müssten sich dort die kleinen Siedler und Rancher zurückziehen.

Helen Overbeck ereifert sich immer mehr, als sie davon erzählt. Ihre Wangen glühen im Zorn und sie sieht jetzt besonders hübsch aus. Mickey sieht sie an, er hört ihr interessiert zu und versucht, das Geflecht der Parteien hier im Tal zu verstehen. „Habt ihr keinen Sheriff, der das verhindern kann?"

Aufgebracht antwortet Helen Overbeck: „Der Sheriff sitzt in Fleetwood, das sind zwei Tagesritte von hier, der hat sich hier noch nie blicken lassen. Und der Marschall von Gillette hält sich raus, das ist auch nicht wirklich sein Zuständigkeitsbereich."

„Mir scheint, da müssen sich die Rancher und die Siedler zusammentun, um sich gegen den Großrancher zur Wehr zu setzen."

„Da sagen Sie was", entrüstet sich Helen Overbeck, „Breckinridge hat eine Bande von Strolchen in seinen Diensten, unter der Fuchtel von einem Gauner. Das sind alles skrupellose Verbrecher, dagegen kommen wir kleinen Leute nicht an."

Mickey grübelt über das eben Gehörte nach. Es ist überall dasselbe, ihn beschleicht das ungute Gefühl, dass er wider Willen doch wieder zum Revolver wird greifen müssen, um hier helfen zu können. Das ist genau das, was er eigentlich vermeiden wollte. Vielleicht ergibt sich eine andere Lösung, er beschließt, erst einmal die weitere Entwicklung abzuwarten.

Es dauert fast eine Stunde, dann erreichen sie die Ranch der Overbecks, die »Double Box«. Ihr Symbol, das auch über dem Tor schon zu sehen war, sind zwei übereinanderliegende Karos, sodass es aussieht, wie eine eckige Acht.

Jimmy fährt mit dem Wagen bis zum Haupthaus. Es ist ein flaches, einstöckiges Gebäude, weitere Gebäude, wie zwei Ställe und das Schlafhaus der Cowboys, sind darum verteilt. Mickey hilft Jimmy, den Einkauf in das Haupthaus zu tragen.

Helen verabschiedet sich und geht hinein. „Ich sage meinem Vater Bescheid, er wird sich gleich bei Ihnen melden!"

Zehn Minuten später kommt ein älterer Herr auf Jimmy und Mickey zu, das wird der Boss dieser Ranch sein. Er ist bereits grauhaarig, er mag fünfzig Jahre alt sein und ist wie ein Cowboy gekleidet. Sein Zeug ist aufwändig geschneidert, ein einfacher Reiter kann sich so etwas nicht leisten. Ein jüngerer Mann begleitet ihn, sie sprechen miteinander. Beide wenden sich an Mickey. „Ich höre, Sie suchen einen Job?", eröffnet der Rancher das Gespräch. „Wir brauchen tatsächlich jemanden, wir nehmen jedoch nicht jeden, Tagediebe stellen wir nicht ein. Über Ihre Beschäftigung entscheidet mein Vormann hier,

Simon Goodfield." Der Rancher nickt den Männern zu und verabschiedet sich dann.

Der Vormann nimmt sich Mickey vor. Zuerst mustert er ihn und beginnt zu lachen. „Was tragen Sie denn für ein Sammelsurium an Kleidung?"

Mickey lächelt und erklärt, dass sein Zeug gewaschen wurde, aber noch nicht trocken ist. Der Vormann nickt, er kennt das, kaum ein Cowboy kann sich mehrere Garnituren Kleidung leisten. Kritisch erfragt er Mickeys Vergangenheit, was für Erfahrungen hat er gesammelt, kann er auch Pferde zureiten, könnte er eventuell die Bücher führen und so fort. Mickey muss aufpassen, wie er antwortet, um seine fragwürdige Vergangenheit nicht zu verraten.

Am Schluss lächelt ihn der Vormann wohlwollend an: „Das hört sich alles sehr gut an, du machst auch nicht den Eindruck, als wärst du ein dahergelaufener Halunke. Willkommen auf der Ranch." Er reicht Mickey die Hand, der sie ergreift und erfreut schüttelt. „Über das Geld reden wir später, du machst erst einmal eine Probezeit, danach sehen wir weiter."

Mickey ist erleichtert, bisher ist alles gut gelaufen. Er hat eine Anstellung, die nicht so schlecht zu sein scheint. Ob seine Kollegen etwas taugen, muss er noch herausfinden. Der eine, den er kennt – Jimmy - ist schon mal in Ordnung.

Der führt Mickey nun zum Bunkhouse, dem Schlafhaus der Cowboys. Es ist kahl und spartanisch eingerichtet, bis auf die Betten und einen Tisch mit sechs Stühlen ist es leer. Er zeigt Mickey das Bett, das für die nächste Zeit seine Schlafstatt sein wird. Mickey legt seine Gepäckrolle und die Winchester darauf.

Sein Begleiter sieht die Waffe und blickt etwas näher hin. „Da hast du eine besonders schöne Waffe."

„Ja", antwortet Mickey", sie ist ein Geschenk von einem Freund für besondere Verdienste." Und wieder überfällt ihn Traurigkeit, wie immer, wenn er an seine unbeschwerte Zeit in New Orleans erinnert wird.

Am späten Nachmittag findet sich der Rest der Weidemannschaft ein. Es sind Pat, Johnny, Ernie und Ken. Die meisten begrüßen Mickey wie einen alten Freund, lediglich Patrick Hollander, Pat, ist etwas reserviert.

„Mach dir keine Gedanken, Pat ist immer ein bisschen komisch. Wir sind noch nicht dahinter gekommen, warum." Jimmy klopft Mickey auf die Schulter. „Die anderen Jungs scheinen dich zu mögen, das ist die Hauptsache."

Am Abend sitzen sie beim Essen zusammen. Es sind fünf Cowboys, mit Mickey jetzt sechs, sowie ein Vormann auf der Ranch beschäftigt. Es gibt noch einen Mann für alles, der hauptsächlich im Haus zu tun hat. Helen und ihre Mutter sind für die Küchenarbeit zuständig.

Mickey lernt Helens Mutter kennen, sie ist eine stattliche, immer noch hübsche Erscheinung. Er erfährt, dass sie gebürtige Irin mit dem Geburtsnamen O'Hara ist. Von ihr hat Helen ihren roten Haarschopf, das ist nicht zu übersehen. Freundlich begrüßt sie Mickey und gibt ihm die Hand. „Guten Tag, junger Mann, ich freue mich sehr, dass wir einen neuen Helfer gewinnen konnten."

„Ich habe zu danken", sagt Mickey, „ich habe bei Ihnen eine Stellung gefunden."

Helens Mutter nickt ihm noch aufmunternd zu und geht dann wieder ins Haus zurück.

Helen Overbeck kommt mit einem Topf Essen heran. Sie ist heute wie ein Cowboy gekleidet, mit langer Lederhose und

Jacke, ihre rote Haarpracht hat sie unter einem Kopftuch versteckt. Als sie kommt, pfeifen und johlen die Cowboys. Sie lächelt die Männer an. „Ihr Schwachköpfe, müsst ihr immer so einen Zirkus machen, wenn ihr mich seht? Das geht ja fast jeden Tag so!"

Die Cowboys lachen und klatschen in die Hände. Jimmy scherzt: „Wenn das Essen wieder so gut schmeckt, wie du aussiehst, haben wir nichts auszustehen."

Helen lächelt wegen des plumpen Komplimentes. „Das sagt ihr nur, weil ich hier das einzige Mädchen bin."

„Nein, nein, wir sind ganz ehrlich. Du bist die Schönste weit und breit!", hört sie aus den Reihen der Cowboys.

Mickey lächelt vor sich hin, es ist doch ganz nett hier, die anderen Reiter sind offensichtlich ganz umgänglich. Nach dem Abendessen sitzen Mickey und Jimmy vor dem Bunkhouse und genießen den schönen Abend. Die anderen Weidereiter sitzen drinnen beim flackernden Licht einer Petroleumlampe und spielen Karten. Mickey hört sie lachen und scherzen.

„Helen Overbeck ist wirklich ein hübsches Mädchen, stellen ihr nicht alle Männer nach?"

„Nein, eigentlich nicht, erstens ist sie bereits vergeben und so gut wie verheiratet, außerdem hat ihr Vater ein Auge darauf. Wenn es sein muss, kann er sehr energisch sein." Jimmy reckt seine Arme und gähnt. „Wir haben ein paar nette Mädchen hier im Tal, das Hübscheste ist jedoch Marilyn Baker."

„Marilyn Baker?", wiederholt Mickey.

„Ja, sie ist das schönste Mädchen, das ich je gesehen habe."

„Woran erkenne ich Sie denn? Ich will sie auf keinen Fall verpassen", fügt Mickey lachend hinzu.

„Marilyn brauche ich nicht zu beschreiben. Wenn dir hier ein Mädchen begegnet, bei der dir der Verstand stehen bleibt, dann hast du sie gefunden."

„Hat Sie denn keinen Freund oder Ehemann?"
„Nein, sie lässt jeden Mann abblitzen. Man munkelt, dass sie schlechte Erfahrungen mit Männern gemacht hat."

Mickey denkt noch über Jimmys Erzählung nach. Das schönste Mädchen, das er bisher kennengelernt hatte, war die Stieftochter des Bürgermeisters von New Orleans. Beinahe hätten sie geheiratet, wenn nicht ein furchtbares Unglück allem ein Ende bereitet hätte. Ihm wird wieder ein wenig wehmütig zumute, wie immer, wenn er sich daran erinnert, nun ist es bereits vier Jahre her. Seitdem hat er immer nur Liebeleien mit leichten Mädchen gehabt, nie wieder etwas Ernsthaftes. Er hat Angst, sich wieder fest zu binden, auch war sein Leben bisher zu unruhig für eine dauerhafte Beziehung gewesen. Wenn diese schöne Marilyn alle Männer verschmäht, dann will er sich wenigstens an ihrem Anblick erfreuen. Falls er ihr denn begegnen sollte....

Die nächsten Tage vergehen mit viel Arbeit. Von Sonnenaufgang bis zum späten Abend sind alle Männer auf den Beinen. Mickey ist Mitglied in der Roundup-Gruppe, er hilft mit, die jungen Kälber einzufangen, die dann von Jimmy mit dem Brandzeichen der Double-Box versehen werden.

Die Ranch von Tippy Overbeck hat eine mittlere Größe. Er besitzt ungefähr zweitausend Rinder, die auf einer saftigen Weide grasen. Diese grenzt im Norden an den Brazos River. Mickey erfährt, dass der Rancher auf der anderen Seite des Flusses, William Breckinridge, schon lange ein Auge auf die Double Box geworfen hat.

„Unsere Weide ist sehr gut", erklärt Jimmy, „die hätte er gerne. Immer wieder gibt es Schießereien am Fluss, weil die Reiter von Breckinridge die Rancher auf dieser Seite des Flusses verunsichern und zum Verlassen des Gebietes bewegen wollen. Bei uns funktioniert es nicht so, wie der reiche Sack sich das vorstellt. Wir sind gerne hier und werden für unser Land kämpfen." Er sieht Mickey an: „Und außerdem haben wir jetzt Verstärkung bekommen."

Wenn du wüsstest, denkt Mickey und sieht sich schon wieder in Schießereien verwickelt. Er nimmt sich vor, nur, wenn wirklich Not am Mann ist, seine Revolver wieder in die Hand zu nehmen.

Er ist gerne auf dieser Weide, die anderen Cowboys haben ihn schnell als vollwertiges Mitglied ihrer Mannschaft akzeptiert. Mit Pat hat er auch schon mehrere Sätze gewechselt, das ist mehr, als manch anderer von sich behaupten kann.

Er liebt diese Gegend. Es ist nicht so eintönig flach wie in Abilene, viele Hügel wechseln sich mit kleinen Waldstücken ab. Das macht das Gelände zwar unübersichtlich, dafür aber schöner und abwechslungsreicher.

Marilyn Baker

Es ist Freitagnachmittag. Mickey ist nach Gillette geritten, um seine geliehene Wäsche zurückzugeben und sich etwas zum Wechseln zu kaufen. Heute ist wieder ein schöner Tag, die Sonne scheint und ein warmer leichter Wind weht von Süden her. Der Geruch von Salbei und Rosmarin ist darin zu erkennen, den Kräutern, die an vielen Stellen im Tal wuchern.

Vor dem Saloon stehen einige Cowboys herum und Mickey ergreift die Gelegenheit, um weitere Reiter kennenzulernen. Er lässt sein Pferd halten und steigt aus dem Sattel. „Howdy!", ruft er und hebt den Arm zur Begrüßung.

„Howdy!", schallt es ihm von einigen entgegen. Nicht alle sind freundlich, einige mustern ihn misstrauisch. Er beginnt mit dem Mann neben ihm zu sprechen und stellt sich als Mickey Callaghan vor.

„Hallo", sagt der Angesprochene, „ich bin Tyler Watson von der Strich-B Ranch."

„Ist das nicht die Ranch von dem Breckinridge?", fragt Mickey.

„Aha, so ganz fremd bist du doch nicht mehr!" Tyler lacht und wendet sich neugierig den anderen Cowboys zu, dort scheint man etwas auszuhecken.

Einen Moment später bemerkt Mickey ein Getuschel im Hintergrund, ab und zu sieht ein Mann unauffällig zu ihm hin. Die Cowboys haben etwas vor, es wird wahrscheinlich nichts Ernsthaftes sein, sondern nur ein Schabernack. Mickey ahnt es schon, denn vor dem hölzernen Bürgersteig steht eine mit Wasser gefüllte Tränke. Dort wird man ihn unter einem Vorwand hinlocken, um ihn hineinzustoßen. Den Witz kennt er, der wird immer gerne bei Neuankömmlingen versucht.

„Eh, Fremder", ruft jemand von hinten. "Du bist doch etwas herumgekommen, kennst Du das Brandzeichen von diesem Pferd?"

Vor dem Trog steht ein Pferd, es sieht etwas altersschwach aus, sein Fell ist übersät mit Brandzeichen. Mickey schmunzelt, jetzt beginnt das Spiel. Er gibt sich harmlos und stellt sich neben das Pferd. Dieses steht vor dem Trog, er vermutet, dass es fortgetrieben und er dann im selben Moment in die Tränke gestoßen werden soll. Es gibt nun drei Möglichkeiten, darauf zu reagieren. Die eine ist, sich mit Kraft dagegen zu stemmen und eine Prügelei zu riskieren, eine andere ist, sich auf den Spaß einzulassen und nasse Kleidung zu bekommen.

Mickey entscheidet sich für eine dritte Möglichkeit. Kurz vor dem Pferd bleibt er stehen, er dreht sich um, holt seinen Tabakbeutel heraus, beginnt sich eine Zigarette zu drehen und spricht zu den überraschten Cowboys, die einen anderen Verlauf erwartet haben. „Kennt ihr die Geschichte von dem Gaul, der so viele Brandzeichen auf seinem Fell hatte, dass er an Altersschwäche gestorben ist, bevor man sie alle durchgesehen hatte?"

Einige Cowboys lachen, andere schütteln den Kopf, die meisten fragen sich, ob der neue Mann ihren Streich bemerkt oder sie nur zufällig davon abgelenkt hat. Und genau das war es, was der Reiter aus Laramie beabsichtigt hatte. So steht er nicht wie ein Trottel da, und braucht seine Fäuste nicht einzusetzen.

Während er nun die Geschichte von dem denkwürdigen Pferd erzählt, werden die Männer unaufmerksam und drehen sich von ihm fort.

Auf dem Boardwalk erklingen die klappernden Schritte einer sich nähernden Frau. Mickey dreht sich wie alle anderen um, dann klappt auch ihm der Unterkiefer herunter. Was für eine Schönheit! Eine Frau kommt daher, lange schwarze Haare, im Nacken zusammengebunden, sie trägt einen langen Rock und eine Jacke mit hübscher Stickerei. Ihre Augen sind starr geradeaus gerichtet, mit versteinertem Gesicht ignoriert sie die verzehrenden Blicke der Männer.

„Mein Gott, ist die schön!", entfährt es Mickey.

„Warte ab, bis du sie mal aus der Nähe gesehen hast", antwortet ein Nachbar. „So eine siehst du im Leben nur einmal, wenn überhaupt."

„Und hat schon mal einer versucht, mit ihr anzubandeln?", fragt Mickey.

„Einer?", der Cowboy lacht. „Alle haben es schon versucht, bei Marilyn Baker beißen sie auf Granit."

Das war also Marilyn Baker. Jimmy hatte nicht übertrieben, sie ist wirklich ungewöhnlich schön.

Das Mädchen entschwindet ihren Blicken und die Männer setzen die unterbrochenen Gespräche fort. Mickey geht zu dem Indianer, der immer noch - oder schon wieder - bei den Saloons sitzt, er gibt ihm eine Münze und nimmt ihm seinen Brighty wieder ab. Er steigt auf und reitet das kleine Stück zum General Store, dort hofft er, Kleidung kaufen zu können.

Er betritt den kleinen Laden und sieht sich um. Neben ihm steht ein alter Mann, der von einem jungen Mädchen, es ist eine kleine Blonde, bedient wird. Sie verkauft dem Herrn ein Päckchen Tabak, dann wendet sie sich zu Mickey. „Was kann ich für Sie tun, Fremder?"

„Ich bin auf der Suche nach Kleidung. Unterwäsche und ein weiteres Oberhemd ist zunächst das wichtigste."

Das junge Mädchen sieht zu ihm hoch, mustert ihn und grinst. „Kleidung für Riesen führen wir nicht, ich werde meine Eltern fragen, ob wir etwas Passendes hinten im Lager haben."

Mickey schmunzelt über die Schlagfertigkeit des Mädchens. Sie kommt mit ihrem Vater wieder zurück, der sieht zu Mickey hoch und reicht ihm die Hand. „Guten Tag, mein Name ist Ben Nolan, ich bin der Inhaber dieses Stores." Er sieht Mickey prüfend an: „Ich habe hinten eine komplette Garnitur Wäsche. Die hat mal jemand vor etwa zwei Jahren bestellt, er hat sie nie abgeholt, er hatte etwa ihre Größe. Solche Wäsche passt kaum jemand, darum bin ich darauf sitzen geblieben. Sind sie interessiert?"

„Na klar, immer her damit, brauchen kann ich das bestimmt, ich habe praktisch nur das, was ich auf dem Leibe trage."

Während Mickey noch wartet, betritt Marilyn Baker das Geschäft, sie geht zu der blonden Verkäuferin, die beiden jungen Frauen stecken die Köpfe zusammen und sprechen miteinander. Mickey versucht unauffällig, zu der Schönheit hinüberzusehen. Sie ist schlank und normal groß, vielleicht fünfeinhalb Fuß (168 cm), wie ihm scheint. Ihr Gesicht ist zart und wunderschön, es erinnert ihn irgendwie an eine Märchenfee. Ihre hübsch bestickte Jacke verhüllt eine aufregende Figur und regt jetzt seine Phantasie an.

Mickey ruft seine Gedanken zur Ordnung, die gerade versuchen, sich durch die Jacke zu bohren, und mustert nun scheinbar gelangweilt die Auslagen im Laden. Seine Blicke wandern immer wieder heimlich zu der schwarzhaarigen Schönheit, das ändert sich auch nicht, als Ben Nolan mit dem Zeug hereinkommt.

„Junger Mann, hier habe ich die Kleidung. Falls Sie die anprobieren möchten, haben wir hinter dem Laden eine Abstellkammer, die können Sie gerne benutzen."

Die Sachen passen fast perfekt. Der Kaufmann macht ihm einen guten Preis, da die Kleidung schon so lange im Lager liegt, er bezahlt und geht dann hinaus, dabei versucht er noch einen Blick von der Schönen zu erhaschen. Sie hatte ihrerseits den gutaussehenden Fremden beobachtet, und nun begegnen sich kurz ihre Blicke. Sie mustert ihn skeptisch, ein wenig furchtsam, wie ihm scheint. Einen kleinen Moment länger als notwendig hängen ihre Blicke aneinander, dann räuspert sich Mickey und verlässt verlegen den Laden. Es tobt in seinem Kopf und in seinem Herzen. Was für ein Zufall, denkt er, da trifft er in diesem kleinen Ort das schönste Mädchen, das ihm jemals begegnet ist, und sie hat ihn wahrgenommen!

Er verstaut den Leinensack mit der Wäsche auf seinem Pferd, steigt auf und trabt aufgewühlt zurück zu den Saloons. Die schöne Marilyn geht ihm nicht aus dem Kopf.

Vor den beiden Kneipen stehen jetzt viele Männer, mehr als noch vor einer Stunde. Der Junge Falke wird wieder mit der Aufsicht über sein Pferd betraut. Mickey ist sich jedoch nicht sicher, ob der Indianer noch alles mitbekommt, er erweckt den Eindruck, als wäre er im Delirium – oder ist eine Art Trance?

Mickey kreuzt die Straße hinüber zum anderen Saloon, mal sehen, ob die Jungs von der Strich-B so reizbar sind, wie man sich erzählt. Er betritt das Lokal durch die Schwingtür, im selben Moment verstummen alle Gespräche in der Schankstube. Der Barkeeper, zwei Saloongirls und die Gäste, drehen sich zu ihm um. Die Luft ist rauchgeschwängert, das gelbe Licht von zwei Petroleumlampen an der Theke versucht vergeblich, den Qualm zu durchdringen. Mickey wählt einen freien Platz und setzt sich an einen der Tische. Langsam schwillt das Stimmengewirr wieder an. Einen Moment später, Mickey hat seine Zigarette gerade fertig gedreht und angezündet, kommen zwei Männer quer durch den Saloon und setzen sich zu ihm.

„Hallo, Fremder, was führt dich hierher?" Es klingt nicht sehr freundlich und auch nicht wie eine Frage, eher wie eine Drohung.

„Was gibt es, habt ihr ein Problem?", kontert Mickey mit einer Gegenfrage.

„Wir haben gehört, dass du für die Double-Box reitest."

„Kann sein, und wenn schon? Dürfen nur eure Leute die Mädchen ansehen?" Mickey lässt sich nicht so schnell einschüchtern, wie es die beiden offenbar vermutet hatten.

„Okay, okay, heute ist das in Ordnung, in Zukunft wollen wir vorher gefragt werden."

Einer der beiden Männer wendet sich ab und winkt einem der beiden Mädchen zu. „Ey, Bella, kümmere dich mal um den Neuen hier, der hat Sehnsucht nach einem Mädchen."

Mickey wundert sich über das seltsame Verhalten und entgegnet: „Ich finde, ihr wirbelt etwas zu viel Staub auf."

Die Männer des unfreundlichen Empfangskomitees verschwinden, ohne darauf zu reagieren, und blicken nicht mehr zurück. Vorerst haben sich diese Gentlemen zurückgezogen, er vermutet, dass es beim nächsten Mal nicht so glimpflich ablaufen wird.

Er sitzt vor einem Glas Whisky, raucht in aller Ruhe eine Selbstgedrehte und sieht sich um. Keiner der anderen Männer kommt ihm bekannt vor, das ist nicht weiter verwunderlich, da er bisher nur wenige kennt, ausgenommen vielleicht die Reiter der Double-Box. Eines der Mädchen, es ist wohl die erwähnte Bella, kommt von der Bar auf Mickey zu. Sie ist groß, schlank und hat schwarze Haare. Sofort fällt ihm Marilyn Baker ein. Das kann nicht sein, dass sie hier arbeitet, schießt ihm durch den Kopf. Sie kommt zu ihm herüber und setzt sich zu ihm an den Tisch.

„Hallo, mein Süßer! Darf ich mich zu dir setzen?"

„Du sitzt doch schon", sagt Mickey und grinst sie an. Nein, es ist nicht Marilyn Baker. Natürlich nicht, setzt sein Herz hinzu. Diese hier ist bestimmt zehn Jahre älter als er und auch nicht besonders hübsch. Ihr Gesicht wirkt unter der Schminke ungesund und verlebt. Sie hat einen viel kleineren Busen als Marilyn Baker, stattdessen wird er durch ein enges Korsett nach oben gequetscht. Er sieht sie neugierig an. „Ich habe zwei Fragen", sagt er, „wie heißt du und was kostest du mich?"

Die Hure macht einen Schmollmund. „Warum bist du denn so unfreundlich? Wir beide wollen doch nur unseren Spaß haben."

Mickey dreht zwei Zigaretten und reicht ihr eine. Dann fährt sie fort: „Ich heiße Rosita, manche nennen mich Bella.

Und wenn ich dir gefalle, kannst du mir für ein nettes Stündchen fünf Dollar geben."

Das wäre sein ganzer Wochenlohn, bis jetzt hat er ihn noch nicht verdient. In seiner Jackentasche steckt noch ein kleiner Rest von seiner letzten Arbeit. Er sieht sie prüfend an, sie ist schlank und lächelt ihm zu. Verdammt, es ist lange her, dass er bei einer Frau gewesen ist, es war zuletzt in Laramie. Er überlegt kurz und gibt sich einen Ruck. „Okay, Bella, dann wollen wir es mal miteinander versuchen."

Bella geht voraus, sie steigen die Treppe hoch und sie betritt eines der Zimmer. Mickey sieht sich um, der Raum wirkt billig und ungemütlich, schäbig und einfach. Ein rohgezimmertes Schränkchen steht neben einem Bett mit einem Gestell aus fleckigem Messing, das mit einer abgenutzten Auflage bedeckt ist.

Bella legt sich auf das Bett und zieht ihren langen Rock hoch. Darunter ist sie nackt. Mickey schluckt, er blickt auf ihre Schenkel und auf das Dreieck dazwischen. Die lange Einsamkeit fordert ihren Tribut und er legt sich zu ihr.

Nach zehn Minuten ist die Stunde vorbei und sie verlassen das Zimmer. Mickey fühlt sich irgendwie schäbig und desillusioniert. War es das wert gewesen?, denkt er ernüchtert, als er die Treppe hinuntersteigt. Bella geht hinter ihm her, laut klackern ihre hohen Absätze auf der Holztreppe.

Sein Blick fällt zur Schwingtür, dort steht ein junger Mann und spricht mit jemandem, der sich draußen auf dem Boardwalk befindet. Mickey erkennt Marilyn Baker, die jetzt zu ihm hereinsieht. Mickey erschrickt, hoffentlich hat sie ihn nicht erkannt, das wäre ihm sehr peinlich, doch Marilyn hat ihre dunklen Augen bereits auf ihn gerichtet. Er spürt, wie sich ihr erschrockener Blick in seine Seele bohrt. Eine Hand berührt seinen Arm, sie gehört zu Bella. „Goodbye, Cowboy, bis demnächst", ihr Lächeln ist verführerisch.

Mickey könnte in den Boden sinken, beinahe würde er jetzt rot werden. Verdammt, das hat er ja sauber hingekriegt! Als er sich wieder traut, zur Schwingtür zu sehen, ist Marilyn Baker verschwunden. Sie hält ihn jetzt sicher - mit Recht, wie er findet - für einen dahergelaufenen Viehknecht, dessen einziges Vergnügen Whisky und leichte Mädchen sind. Diese Scharte wird er nie wieder auswetzen können!

Der Rinderbaron

William Breckinridge sitzt auf seiner Veranda und sieht nachdenklich in die Ferne. Er ist in einem etwas fortgeschrittenen Alter, vielleicht Mitte vierzig. Seine Figur beginnt etwas aus dem Leim zu gehen.

Eigentlich sollte er ganz zufrieden sein, er ist der größte und reichste Rancher im ganzen Tal, seine Ranch bedeckt fast das gesamte Land nördlich des Brazos River bis hin zu den Bergen.

Allerdings gehört er zu der Sorte Menschen, die nie zufrieden sind mit dem, was sie besitzen. Es ärgert ihn schon, dass ihm zum Beispiel die Bank von Gillette nicht gehört. Das könnte ihm gut gefallen, Geld zu seinen Bedingungen und seinen Zinssätzen zu verleihen. Dass bereits die halbe Stadt, so wie zum Beispiel der Gunshop und der Bürgermeister, unter seinem Einfluss stehen, genügt ihm nicht.

Auch die Zeitung ist ihm ein Dorn im Auge. Sie ist nur klein, eine gedruckte Stimme hier im Tal zu haben, könnte sehr nützlich sein. Aber er hat keinen Einfluss auf den Zeitungsmann, und muss zu seinem Ärger das lesen, was ihm der Gillette Mirror präsentiert.

Südlich des Brazos ist das Land besser, das Gras gedeiht besser und mit dem guten Gras entwickeln sich auch die Rinder besser. Er ist fest entschlossen, etwas daran zu ändern und sich auch die andere Seite des Tales anzueignen, früher oder später.

Breckinridge hat etwa zwanzig Cowboys, die für ihn reiten. Und er hat eine Art Geheimwaffe, es ist eine kleine Gruppe Revolvermänner, die fast ohne Wissen seiner anderen Reiter für ihn arbeiten. Der Anführer der Gruppe ist Geoffrey Banks, er hatte vor ein paar Jahren hier im County gearbeitet, eines Tages musste er wegen eines Streites mit ein paar von den anderen Ranchern die Gegend verlassen. Nun ist er wieder hier, William Breckinridge hat ihn mit gutem Lohn und Aussicht auf noch mehr Geld, hierher gelockt. Mit ihm war auch Dusty MacKenzie gekommen, ein besonders unangenehmer Geselle.

Sinn und Zweck dieser Bande sollte es sein, die Rancher auf der anderen Flussseite zu verunsichern und letztlich zu vertreiben.

Im Tal bemerkt er eine Staubwolke, die sich langsam seiner Ranch nähert. Es sind zwei Reiter, die sich beim Näherkommen als Geoffrey Banks und Dusty MacKenzie herausstellen, sie reiten direkt vor die Veranda und steigen ab, noch bevor sich der Staub gelegt hat, den ihre Pferde aufgewirbelt haben.

„Hallo Chef", sagt Geoffrey, der Größere von beiden. Er ist schlank, etwa 30 Jahre alt und trägt einen schwarzen Bart. Er sieht gut aus und versteht es, freundlich und höflich zu sein, hinter dem ansehnlichen Äußeren verbirgt sich jedoch ein boshafter und gefährlicher Verstand.

Sein Begleiter ist Dusty MacKenzie, schon sein bloßer Anblick mag manch furchtsame Natur ängstigen. Er ist hässlich, hat einen stechenden Blick aus tiefliegenden, dunklen Augen, riecht unangenehm, ist ungepflegt und hat von einem Messerstich eine große Narbe, die von seiner linken Schläfe bis zum

Mundwinkel führt. Er ist Geoffries Mann fürs Grobe, er ist skrupellos und hat keine Hemmungen, seinen Revolver einzusetzen.

Vier weitere Revolvermänner, die im Versteck geblieben sind, gehören außerdem zu der Gruppe, gemeinsam sind sie eine wirkliche Gefahr für das Tal.

William Breckinridge ist wütend. „Was macht ihr hier? Habe ich Euch nicht gesagt, dass ihr nicht hierherkommen sollt? Jedenfalls nicht am helllichten Tag!"

„Ganz ruhig, Chef", antwortet Geoffrey Banks, „Wir müssen uns mal abstimmen, und wenn Sie nicht zu uns kommen, müssen wir eben zu Ihnen kommen."

William Breckinridge knurrt vor sich hin. Dieser Geoffrey Banks ist zwar nützlich, aber auch sehr unbequem. Manchmal durchzuckt ihn der Gedanke, dass er ihm eines Tages vielleicht nichts mehr wird befehlen können. Wenn er es sich ehrlich überlegt, hat er diesem klugen und gefährlichen Mann nur wenig entgegenzusetzen.

„Was ist denn jetzt mit den Ranchern auf der anderen Seite des Flusses?", beschwert sich Geoffrey. „Meine Leute werden langsam ungeduldig, wenn nicht bald etwas passiert."

„Das hat noch eine Weile Zeit, ich bezahle Euch doch ausreichend, oder etwa nicht?", erwidert der Rinderbaron gereizt.

Dusty MacKenzie meldet sich zu Wort: „Ich denke, wir sollten endlich die Bank in Gillette ausnehmen, die ist doch einfach zu knacken." Er spricht mit rauer Stimme, am Ende kann er einen Rülpser nicht zurückhalten. William Breckinridge zuckt angewidert zurück und antwortet: „Lasst eure Finger von der Bank! Grundsätzlich gefällt mir der Gedanke, aber mit so einer Aktion macht ihr die Bewohner nur auf euch aufmerksam, vergiss das jetzt, jedenfalls vorläufig!"

„Aber Sie haben doch immer gesagt, dass Sie die Bank hassen", nörgelt Dusty.

„Ich habe nein gesagt, und dabei bleibt es." William Breckinridge versucht sich durchzusetzen, Dusty MacKenzie ist jedoch schwer zu beeindrucken. Der Gedanke mit dem Bankraub lässt ihn nicht mehr los.

William Breckinridge versucht, das Thema zu wechseln. „Sagen Sie mal, Geoffrey, warum mussten Sie eigentlich damals das Tal verlassen?"

Geoffrey Banks zögert mit der Erklärung, das Thema ist ihm unangenehm. „Das tut doch jetzt nichts mehr zur Sache."

„Los erzähl!", Dusty grinst hämisch, „die Geschichte kenne ich auch noch nicht."

Geoffrey Banks wirft seinem Handlanger einen vernichtenden Blick zu, dann antwortet er zögernd. „Na ja, das war so: Das ist jetzt etwa zwei Jahre her, ich hatte damals Ärger mit einem Mädchen - letztlich wollten ihr Bruder und dessen Reiter mich aufknüpfen, da habe ich es vorgezogen, mich zu verdrücken."

„Und warum bist du jetzt wieder hier?", fragt Dusty MacKenzie.

„Ich hasse es, wenn ich zu etwas gezwungen werde, das will ich den Burschen hier noch heimzahlen. Ich habe mir einen Bart stehen lassen, um nicht sofort erkannt zu werden."

„Wo haltet ihr euch eigentlich versteckt", fragt William Breckinridge, "etwa in der alten Minenstadt?"

„Ja. Wir haben eine Unterkunft in dem alten Hotel, der Wirt kennt mich von früher", erklärt Geoffrey Banks. „Die Minenstadt ist schwierig über einen Weg durch die Felsen zu erreichen, die Zufahrtsstraße von damals ist verschüttet und nicht mehr zu gebrauchen."

Und dann fordert er den alten Rancher noch heraus. „Wie sieht es mit etwas zu trinken aus, oder haben Sie keinen Whisky mehr?"

Der Großrancher ist schlecht gelaunt und will diese Männer nicht länger auf seiner Veranda, praktisch in Sichtweite seiner Reiter, dulden. Er wirft ihnen einen Dollar auf den Tisch. „Hier, kauft euch Euren Whisky selbst, und nun verschwindet, ich habe noch zu tun."

Die beiden Revolvermänner erheben sich widerwillig und reiten davon.

William Breckinridge sieht ihnen nach. Dieser Geoffrey Banks wird immer unverschämter. Damit der nicht eines Tages die Oberhand gewinnt, muss er vorsichtig taktieren. Er schmiedet an einem Plan, um ihn zu benutzen und dann wieder loszuwerden. Er könnte versuchen, Zwietracht zwischen Banks und MacKenzie zu säen. Das Ziel sollte sein, dass MacKenzie Banks erschießt. Mit diesem MacKenzie würde er dann schon fertig werden, der ist zwar skrupellos, dafür aber ziemlich dumm.

Der Banküberfall

Mickey ist jetzt fast eine Woche auf der Double Box. Dank der schweren Arbeit von morgens bis abends, denkt er nur wenig an die Begegnung mit Marilyn vor dem Saloon. Ihr verächtlicher Blick und das Erschrecken in ihren Augen holen ihn in der Nacht immer wieder ein. Häufig kommt das Bild am Abend wieder zurück und quält ihn, bis er in einen tiefen, traumlosen Schlaf gesunken ist.

Patrick Hollander und Mickey Callaghan werden von Simon Goodfield gerufen. „Ihr zwei müsst heute mal in die Nähe des Brazos River reiten und prüfen, ob sich da unten nicht noch ein paar Kühe versteckt haben."

Mickey ist es auch schon aufgefallen, dass ihnen einige Rinder zu fehlen scheinen. Beide steigen auf ihr Pferd, Pat reitet voraus, er kennt sich hier besser aus. Heute ist wieder ein schöner Tag, fast ein bisschen zu warm und etwas schwül, vielleicht wird es heute noch ein Gewitter geben.

Sie nähern sich dem Brazos River. Die Bäume am Ufer sind oberhalb der flachen Hügel des Weidelandes zu sehen, gelegentlich kann man das Glitzern des Wassers erkennen. Hier, wie auch an vielen anderen Stellen der Ranch, sind ab und zu kleine Buschgruppen, auch ist das Gelände hier und da von kleinen, felsigen Erhebungen unterbrochen. Pat und Mickey reiten um alle Hindernisse herum und suchen nach entlaufenen Longhorns. Fünf Rinder haben sie schon gefunden und treiben sie vor sich her.

Ein Schuss fällt und reißt Pat den Hut vom Kopf. Blitzartig ducken sich beide, bringen sich und die Pferde hinter einer Felsengruppe in Sicherheit und steigen ab.

„Hast du gesehen, woher der Schuss kam?"

Pat ist noch ganz blass. Hätte die Kugel seinen Hut einen Zoll tiefer getroffen, wäre er nicht mehr am Leben. Vorsichtig tastet er mit einer Hand über sein Haar, auf der Suche nach einer Verletzung. „Nein, ich bin mir nicht sicher, ich glaube, er kam von der anderen Seite des Flusses."

Mickey nickt dazu. „Das ergibt Sinn, dort drüben treiben die Revolverschwinger vom Rancher Breckinridge ihr Unwesen." Er blickt aufmerksam über den Fluss, in einiger Entfernung sieht er zwei Pferde stehen. Bei genauerem Hinsehen bemerkt er auf der anderen Seite des Flusses in einem Gebüsch den Teil eines Hutes.

„Dem werden wir es zeigen!" Er holt seine Winchester vom Sattel seines Pferdes. „Die Schüsse kommen aus großer Entfernung, deshalb ist es eben wahrscheinlich kein gezielter Treffer gewesen, sondern eher Zufall", erklärt er Pat, der neben ihm am Felsen lehnt und vorsichtig darüber hinweg peilt.

„Ich bin also nur noch zufällig am Leben?", erschrickt sich Pat und mustert mit blassem Gesicht das Loch in seinem Hut.

Die Winchester von Mickey ist nicht einfach nur ein Repetiergewehr. Es ist eine Sonderanfertigung der Firma Winchester, mit einer besonders hohen Fertigungsqualität. Die Entfernung zum Schützen beträgt etwa dreihundert Schritt. Mickey ist sich sicher, dass sie nicht wirklich getroffen werden sollten. Die Revolvermänner des Rinderbarons sollen nur für Unruhe und Angst sorgen, bis die kleinen Rancher aufgegeben haben. Jetzt wird er ihnen eine Lektion erteilen, die sie nicht so schnell vergessen werden. Er nimmt eine Decke von seinem Sattel, rollt sie zusammen und legt sie auf den Felsen. Er legt die Winchester darauf und sieht über Kimme und Korn. Er zielt über den Busch genau auf den Hut, er atmet ein und hält die Luft an. Mickey zieht den Abzug und schießt, der Schuss kracht und der Schall bricht sich mehrfach in den Felsen. Er hebt den Kopf und fragt Pat: „Konntest du etwas erkennen?"

Pat schüttelt den Kopf. „Dafür ist es zu weit weg", dann grinst er: „Der Hut scheint verschwunden zu sein."

Pat hat gelächelt, denkt Mickey. Wenn er sonst nichts erreicht hat, ist das schon mal etwas. Die beiden Weidereiter beobachten eine Weile die andere Seite des Flusses. Mehrere Minuten passiert gar nichts, dann können sie in der Ferne zwei Männer erkennen. Einer der beiden trägt seinen Hut in der Hand. Sie laufen zu ihren Pferden, steigen auf und galoppieren davon.

Pat klopft seinem Kollegen auf die Schulter. „Mein lieber Mickey, das war ein Volltreffer." Dann folgt, nach einer kurzen Denkpause: „Wo hast du so schießen gelernt?"

Mickey lächelt in sich hinein, die Frage wird er Pat nicht beantworten.

Zurück auf der Ranch berichtet Pat über das Erlebnis mit Mickey. „Ihr glaubt nicht, was wir heute am Brazos erlebt haben. Jemand hat auf uns geschossen und mich beinahe verletzt." Er hebt seinen Hut hoch und zeigt ihn herum. Die Cowboys staunen, als sie das Einschussloch sehen. „Ihr könnt euch nicht vorstellen, wie der Mickey schießen kann. Ich glaube, dass er dem Schützen auf mindestens fünfhundert Yards den Hut vom Kopf geschossen hat."

Mickey wiegelt ab. „Also, so weit entfernt war das nicht. Etwa dreihundert Yards, würde ich sagen."

Simon Goodfield mischt sich ein. „Was für eine Entfernung auch immer, es zeigt uns zweierlei. Erstens, unser neuer Mann ist ein guter Schütze, und zweitens, wir müssen vor möglichen Kugeln von der anderen Seite des Brazos River auf der Hut sein."

Ein paar Tage später kommt Tippy Overbeck, als die Cowboys beim Frühstück sind. „Jungs", sagt er, „ich habe eine Überraschung für Euch. Ihr habt hervorragend gearbeitet und ihr seid schneller fertig geworden, als wir alle erwartet hatten. Deshalb", er macht eine Pause, um die Spannung zu steigern, „Deshalb habt ihr das kommende Wochenende ab Sonnabendmittag frei."

Gejohle und Geklatsche ertönt von der Seite der Cowboys. „Unser Boss ist der Größte! Er lebe hoch!"

Tippy Overbeck schmunzelt und freut sich an der Reaktion seiner Reiter. „Ich wünsche euch viel Spaß und macht nicht so viel Blödsinn in der Stadt. Und denkt daran: Bis Mitternacht am Sonntagabend müsst ihr alle wieder zurück sein."

Tippy Overbeck erhebt sich und winkt Mickey Callaghan zu sich heran. „Mit dir bin ich ganz besonders zufrieden, Simon ist sehr angetan von deiner Arbeit. Deshalb werden wir dich ab jetzt fest übernehmen. Du erhältst denselben Lohn wie alle anderen Männer."

Mickey ist glücklich, hat er es nicht gut getroffen? „Danke, Mister Overbeck. Ich habe mir nur Mühe gegeben."

„Und noch etwas", fährt der Rancher fort. „Simon Goodfield wird bereits am Sonnabendmorgen nach Gillette reiten. Er soll ein paar Dinge für mich erledigen, Geld abholen und etwas einkaufen. Ich möchte, dass du mit ihm reitest. Mir ist es lieber, dass er nicht alleine zur Bank geht, etwas zusätzlichen Schutz halte ich für angebracht."

„Okay, Boss, mach ich gerne", antwortet Mickey und freut sich über das Vertrauen, dass ihm Tippy Overbeck nach so kurzer Zeit schon entgegenbringt. Die Aufgabe mit der Bewachung könnte ihn wieder in alte Gewohnheiten zurückfallen lassen, er nimmt sich fest vor, nur im Notfall zum Revolver zu greifen.

Es ist Sonnabend früh, Mickey und Simon Goodfield satteln ihre Pferde. Der Ritt von der Double Box bis nach Gillette wird fast eine Stunde dauern.

Mickey Callaghan genießt den Ritt. Sie müssen sich nicht beeilen, so kann er sich mit Simon unterhalten. Unter anderem interessiert es ihn, mehr über Marilyn Baker zu erfahren.

Er hört, dass sie die Tochter von einem Mark Baker ist. Ihm gehört die Double M-Ranch, so benannt nach Mark und Mercedes Baker. Die Mutter, Mercedes, ist jedoch schon einige Jahre tot. Außer Marilyn gibt es noch einen jüngeren Bruder.

„Wo haben die Bakers denn ihre Ranch?"

Simon gibt bereitwillig Auskunft: „Sie ist ganz am Ende des Tales, dort wo die Chipfoot Berge beginnen. Die Ranch ist relativ klein, sie haben höchstens fünfhundert Rinder. Sie liegt an den Hängen der Berge, die dort beginnen, die Weidefläche ist etwas verstreut zwischen den Felsrücken. Dafür ist das Gras sehr gut, der alte Baker versteht allerhand von der Rinderzucht, sodass auch die kleine Weide einen guten Gewinn abwirft."

Mickey stellt nun die Frage, die ihm jetzt seit einer Weile auf der Seele brennt: „Weißt du, warum Marilyn keinen Freund hat? Man sagt, dass sie niemanden an sich heranlässt."

Simon reitet eine Weile und denkt über die Antwort nach, schließlich antwortet er: „Sie hat keinen Freund oder Verlobten, Mann oder was auch immer. Das Mädchen muss vor zwei oder drei Jahren mit einem Kerl viel Scherereien gehabt haben. Der ist jedoch seit damals aus dieser Gegend verschwunden. Meiner Meinung nach war der ein Verbrecher und schon deshalb nichts für sie. Seitdem lässt sie sich auf keine Freundschaft mehr ein, du kannst dir sicher vorstellen, dass es schon viele versucht haben."

Mickey erfährt noch andere Dinge, wie zum Beispiel, dass Marilyn sonntags Unterricht gibt. Sie kommt deshalb nach Gillette zum Gemeindesaal und bringt einer Gruppe von Kindern und Erwachsenen Lesen und Schreiben bei. Simon grinst. „Ich kann leider lesen und schreiben, sonst würde ich mich sofort bei Marilyn anmelden."

Beide Männer lachen, Mickey bekommt wieder einen Stich ins Herz, als er sich an sie erinnert. Ob es für ihn einen Weg geben wird, ihr Herz zu erobern?

Die Sonne wird durch ein paar Wolken verdeckt, es weht ihnen ein leichter Wind entgegen. Der alte Postweg führt jetzt durch einen Wald, er ist mit viel Gras bewachsen und dämpft das Getrappel der Hufe. Die Bäume weichen zurück, der Wald öffnet sich zu einem weiten Tal, an dessen Ende sie Gillette sehen können, es duftet nach Rosmarin und Salbei. Mickey genießt den Ritt, er freut sich an seinem treuen Pferd Brighty, das ihn unermüdlich durch alle Abenteuer trägt. Er spürt die Muskeln des Tieres arbeiten und hört gelegentlich ein Schnauben. Die Ohren bewegen sich ruhelos und folgen aufmerksam jedem Geräusch.

In der Stadt angekommen, binden sie ihre Pferde vor der Bank fest. „Ich geh mal kurz zum Gunshop und hole mir Munition, warte hier einen Moment, ich bin gleich zurück", erklärt Simon.

Wie jeden Tag sitzt der Indianer auf dem Bürgersteig und sieht scheinbar unbeteiligt vor sich in den Staub der Straße. Mickey geht zum ihm hin und setzt sich neben ihn auf den Gehsteig. „Gibt es etwas Neues, Junger Falke?"

„Hallo, Mister Mick. Etwas Neues heute. Sie sehen, vor Bank stehen drei Pferde und kein Mann dabei. Das ich seltsam finden. Männer haben sich in Büro versteckt, Büro von alte Minencompany, neben Bank."

In Mickey entstehen sofort unangenehme Ahnungen. „Das hast du gut beobachtet, Junger Falke, besten Dank. Hier hast du etwas Lohn für deine Mühe", er gibt ihm ein 10 Cent-Stück, einen Dime.

Mickey sieht sich die Pferde an. Er kennt keines davon, auch die Brandzeichen sagen ihm nichts.

Das Büro der Minengesellschaft steht schon lange leer. Es stammt noch aus der Zeit, als in der Nähe von Gillette Silber abgebaut worden ist. Er schattet das Licht mit den Händen ab und sieht durch das Fenster. Der Raum ist leer, lediglich ein Tisch steht an einer Wand. Er kann niemanden erkennen, es scheint einen Hinterausgang zu geben.

Simon kommt zurück und sie betreten gemeinsam die Bank. Hinter dem Schalter sitzt ein Freund vom Vormann und sie begrüßen sich. „Howdy, old Fellow, hat Deine Bank etwas Geld für mich? Ich habe hier eine Bescheinigung von Tippy Overbeck, er braucht etwas Bares."

Sein Kumpel hinter dem Gittertürchen lacht. „Sicher, das ist kein Problem, ich habe Tippy vor ein paar Tagen getroffen und er hat mir erzählt, dass ihr beide heute kommen würdet."

Simon stellt Mickey dem Angestellten hinter dem Schalter vor. „Das ist ein neuer Reiter bei uns, er heißt Mickey Callaghan und soll mir heute Gesellschaft leisten."

Der Angestellte reicht eine Hand durch das Gitter und Mickey ergreift sie. „Angenehm, ich bin Joshua!", begrüßt ihn der Kassierer.

Die Tür zur Straße wird mit viel Kraft aufgestoßen und schlägt gegen die Wand, zwei Männer stürmen herein. Sie haben sich das Halstuch bis über die Nase gebunden und ihre Revolver gezogen, den Hahn schon gespannt.

„Hände hoch, das ist ein Überfall!", ruft der Erste. Er hat einen Sack bei sich, den er unter dem Gitter hindurch schiebt. „Geld her, aber schnell!" Dabei hält er dem Angestellten der Bank die Waffe vor das Gesicht. Sein Begleiter hält Simon und

Mickey in Schach. „Ihr zwei dreht euch um, mit dem Gesicht zur Wand! Und Hände ganz hoch und gegen die Wand gelegt!"

Und schon werden ihnen die Revolver aus dem Holster gezogen, das geht so schnell, dass sie sich im Moment nicht wehren können. Na fein, denkt Mickey, jetzt sind wir machtlos. Er überdenkt seine Chancen auf eine Gegenwehr, und beschließt abzuwarten.

Mit einem Mal dreht sich Simon blitzartig herum, er will die Bankräuber überrumpeln, doch ihr Aufpasser erkennt das Manöver sofort, er zögert nicht und schießt auf den Vormann. Dabei fällt ihm Mickeys einkassierte Waffe aus dem Hosenbund. In dem Getümmel springt Mickey vor, ergreift seinen am Boden liegenden Revolver und schießt sofort. Er schlägt den Hahn mit der Handkante der linken Hand, die Schüsse krachen in schneller Folge. Dieses »Fanning« verstehen nur wenige so gut wie er, er trifft den Verbrecher tödlich. Der Mann vor dem Schalter - es scheint der Anführer zu sein - hat lediglich einen Streifschuss am Arm, er stürzt mit dem Geldsack zur Tür und läuft auf die Straße hinaus. Von draußen hört Mickey einen weiteren Schuss und sieht durch das Fenster zwei Pferde aus der Stadt galoppieren. Er möchte sofort hinterher stürmen, dreht sich dennoch zuerst zu dem am Boden liegenden Vormann um. „Simon! Simon!", ruft er und beugt sich zu ihm runter. Mit Entsetzen sieht er, dass nichts mehr zu machen ist, auf der Brust des Weidereiters hat sich ein großer Blutfleck ausgebreitet.

Ein weiterer Blick auf den am Boden liegenden Verbrecher zeigt ihm, dass er präzise getroffen hat, den starren Blick kennt er gut. Der Kassierer lebt, er sieht nicht gut aus. Bewegungslos und blass sitzt er auf seinem Stuhl.

Mickey stürzt zur Tür hinaus. Auf der Straße ist nichts mehr, wie es vorher war. Etliche Männer sind herbeigelaufen, einige kümmern sich um einen jungen Mann, der bei der Flucht der Banditen offensichtlich angeschossen worden ist.

„Holt Euren Arzt! Und ruft den Marshall! Wir müssen die Verbrecher verfolgen!", ruft Mickey.

„Der Arzt wird gerade benachrichtigt!", hört Mickey, dann geht er zu dem Indianer, der aufmerksam den Trubel beobachtet.

„Junger Falke, gut, dass du hier draußen bist! Erzähl doch mal, was hast du gesehen?"

„Mister Mick, schön sie leben! Es waren drei Männer, hatten sich versteckt. Zwei sind in Bank gegangen, einer blieb bei Pferden, dann viel Schießerei und einer kommen raus, der schießt auf Mitchell Baker, der jetzt liegt am Boden, dann flüchten. Ganz schnell beide fort, Richtung Westen, wahrscheinlich sie leben in Madsen."

„Hast du jemanden erkannt?"

„Beide Tuch vor Gesicht, Junger Falke aber sicher, einer war Dusty."

„Wer ist das denn?"

„Sorry, er heißen Dusty MacKenzie, er sein einer der ganz gemeinen Verbrecher hier im Tal."

„Und woher weißt das so genau?"

„Ich erkenne ihn an Narbe im Gesicht."

Der Marshall ist inzwischen angekommen, der Arzt lässt auf sich warten, er scheint nicht im Ort zu sein. Der Gesetzeshüter kommt zu Mickey und sieht ihn misstrauisch an. „Wer sind Sie denn?"

Mickey schüttelt den Kopf. „Sie verdächtigen den Falschen, Marshall. Fragen Sie den Kassierer, der kann Ihnen alles, was in der Bank geschehen ist, genau berichten." Er setzt dann nach: „Was ist mit einer Posse? Wir sollten die beiden Flüchtigen sofort verfolgen, bevor sich ihre Spur verliert. Sie sind nach

Westen fortgeritten, wahrscheinlich nach einem Ort namens Madsen, so wie ich hörte!"

Der Marshall zieht die Stirn kraus. „Wenn die Banditen nach Madsen geflohen sind, dann können wir das erst einmal vergessen."

„Ach, und wieso?"

„Madsen liegt in einer leicht zu verteidigenden Schlucht in den Felsen, außerdem hausen da nur Verbrecher, da können wir mit einer Posse kaum etwas ausrichten. Ich möchte das Risiko nicht eingehen, noch mehr Leute zu verlieren."

Mickey ist entsetzt. So ein Feigling! Es sieht so aus, als ob er es selbst in die Hand nehmen muss.

Der Marshall blickt auf seinen Revolver. „Was haben sie denn da für eine Waffe? So eine habe ich noch nie gesehen."

Mickey zieht die Waffe aus dem Holster und zeigt sie dem Gesetzeshüter. „Das ist ein Vorserienmodell von Colt. Ich habe gute Kontakte zu einem Waffenhändler in Louisiana, der hat mir in Anerkennung früherer Verdienste diese Waffe und Munition dazu besorgt."

Der Marshall dreht die Waffe in der Hand und pfeift anerkennend durch die Zähne. „Das erklärt, warum Sie so schnell schießen konnten", und gibt ihm den Revolver zurück.

Mickey verkneift sich eine Antwort und steckt den Revolver wieder ein. Dass er zwei von diesen Waffen besitzt, muss nicht jeder wissen, auch nicht der Marshall.

Er wendet sich zu dem angeschossenen jungen Mann. Jetzt nähert sich auch der Arzt mit raschen Schritten, er beugt sich über den Verletzten.

Der tote Simon wird von zwei Männern aus der Bank getragen und auf den Bürgersteig gelegt. Mickey geht hinüber, er sieht auf den toten Vormann hinunter und nimmt seinen Hut ab. Die anderen folgen seinem Beispiel, eine Weile sagt niemand ein Wort. Mickey räuspert sich. „Habt ihr einen Undertaker? Der hat jetzt Gelegenheit, sich ein paar Dollar zu verdienen." Wie er hört, gibt es einen, und der weiß angeblich schon Bescheid. Mickey fragt den verletzten jungen Mann nach seinem Namen.

„Ich heiße Mitchell Baker."

Mickey ist überrascht. „Sind Sie der Bruder von Marilyn Baker?"

„Ja, das ist richtig."

Mickey geht zu dem Indianer, der wie fast immer vor einem der beiden Saloons hockt. „Howdy, Junger Falke!"

„Howdy, Mister Callaghan!"

Mickey zuckt die Schultern, er hat dem Jungen Falken mehrfach angeboten, ihn beim Vornamen zu nennen, doch da stößt er auf taube Ohren. „Als Indianer kannst du doch sicher Spuren lesen. Ich würde gerne hören, was du über die Abdrücke vor der Bank sagen kannst."

Der Junge Falke steht auf und beugt sich über das Durcheinander von Spuren, er geht immer wieder hin und her, folgt auch den sich entfernenden Abdrücken einige Schritte weit und kommt wieder zurück. „Es waren zwei Pferde. Das Eine ist leicht zu erkennen, es hat kaputtes Hufeisen."

Er zeigt auf einen Abdruck. Mickey kann es nun auch erkennen, von dem Hufeisen ist ein Stück abgebrochen. Es fehlt etwa ein Zoll, bis zum Loch des ersten Hufnagels. Der Junge Falke kann sogar erkennen, dass es der rechte Vorderhuf ist, er scheint ein guter Fährtenleser zu sein.

„Warum bist du so sicher, dass die Diebe nach Madsen geritten sind?"

„Nicht sicher, aber wahrscheinlich, das sein der Unterschlupf von Verbrecher."

„Aha! Kennst du Madsen? Weißt du, wie man da hinkommt?", fragt er ihn.

Der nickt. „Junger Falke kennen, kennen auch versteckten Weg durch Felsen."

„Könntest du mir helfen, die Verbrecher zu finden?", fragt Mickey und zeigt mit einem Grinsen seinen Geldbeutel.

Der Indianer nickt wieder. „Der Junge Falke kann das. Wir brauchen Hilfe, mehr Männer."

Mickey denkt an die Reiter von der Double Box, Jimmy und die anderen Jungs werden bestimmt mitmachen. Er will die Männer finden und gefangen nehmen, die die Bank überfallen und ihren Vormann erschossen haben.

Marilyn Baker kommt heran geritten. Erst hat Mickey sie nicht erkannt, sie trägt statt eines Rockes eine Hose, ihr schwarzes Haar bedeckt ein Stetson. Sie springt vom Pferd und läuft zu ihrem Bruder. „Mitch! Was ist dir passiert?", ruft sie laut, mit Angst in der Stimme.

Der Arzt kümmert sich gerade um ihn, er näht die Wunde provisorisch und verbindet den Arm, das ist gottlob alles, was gemacht werden muss.

Mitchell liegt mit dem verbundenen Arm auf dem Gehweg und spricht mit Marilyn, Mickey bekommt noch den Rest des Gespräches mit.

„Es geht, Schwesterherz, es blutet nicht mehr."

Der Arzt gibt Marilyn Hinweise. „Ihr Bruder ist mäßig schwer verletzt, die Blutung ist gestillt und ich habe die Wunde genäht, er braucht nun eine Weile Ruhe, dann kann er wieder arbeiten. Zuerst muss er in ein Bett."

Marilyn hat eine Idee. „Wir können ihn zu meiner Freundin Jennifer bringen, ihr Bruder ist im Bürgerkrieg gefallen und seitdem steht dort ein Bett leer. Ich brauche nur jemanden, der mir hilft, Mitchell dorthin zu tragen."

Das kommt Mickey gerade recht, er bückt sich und hebt Marilyns Bruder hoch, der ist ein großer Kerl und nicht gerade leicht, bis zum General Store wird er ihn jedoch tragen können. Marilyn geht neben ihm her und lässt ihre Augen nicht von ihrem Bruder.

Zögernd beginnt Mickey ein Gespräch mit ihr. „Es tut mir leid, dass wir uns unter solchen Umständen wieder begegnen."

Marilyn sieht zu ihm hoch. „Ich habe gehört, wie Sie unter den Bankräubern aufgeräumt haben, wer weiß, was ohne Sie passiert wäre."

„Es hat leider einen Toten gegeben." Sowie den Verbrecher, den er niedergeschossen hat, denkt er betrübt.

„Ja, das ist traurig, aber wer weiß, wie viele ohne ihren Einsatz gestorben wären."

Marilyn Baker blickt zu ihm hoch und sieht ihm forschend in die Augen. „Sie sind doch nicht von hier, wo ist Ihre Heimat?"

„Das ist eine gute Frage, Miss, ich müsste Philosoph sein, um sie zu beantworten"

Marilyn Baker kraust ihre makellose Stirn. „Wie meinen Sie das?"

„Na ja, ich kann ihnen sagen, wo ich zuletzt übernachtet habe. Ich kann ihnen ebenso die lange Liste der Orte aufzählen, in denen ich gewesen bin. Falls Sie wissen wollen, wo meine Heimat ist, das kann ich ihnen nicht sagen." Nach einem Moment des Grübelns fügt er noch hinzu: „Es ist auf jeden Fall eine lange Geschichte, vielleicht findet sich einmal etwas Muße, dann würde ich Ihnen gerne davon erzählen." Mickey atmet jetzt schwer, das lange Gespräch und dazu der schwere Mann auf dem Arm, das wird selbst ihm zu viel.

Sie erreichen den General Store und er trägt den verletzten Mitchell durch den Laden in das Wohnhaus der Nolans. Jennifer ist auch da und rennt wie ein aufgeregtes Huhn umher. Sie richtet rasch das Bett und Mickey kann den ihm immer schwerer erscheinenden Mitchell endlich in das Bett legen, das er jetzt braucht.

Er wendet sich zur Tür. „Es tut mir leid, dass ich gehen muss, ich muss mich jetzt dringend um die Beerdigung unseres Vormannes kümmern."

Marilyn gibt ihm die Hand. „Vielen Dank für ihre Hilfe, ich hoffe, wir sehen uns mal wieder." Sie zögert einen Moment und fügt hinzu: „Dann können Sie mir von Ihrer Vergangenheit erzählen."

Mickey lächelt sie an und antwortet. „Ganz sicher, Miss! Ich werde mich bald nach Mitchells Gesundheitszustand erkundigen, bei der Gelegenheit könnte ich vielleicht Ihren Wunsch erfüllen."

Marilyn zieht schüchtern ihre Hand zurück und geht ins Haus. Sie grübelt über den Fremden nach. Er hat ein Geheimnis, ist es vielleicht eines, vor dem man sich fürchten muss? Sie würde es gerne herausfinden, der gut aussehende Mann scheint sympathischer, als sie zunächst gedacht hatte. Er ist so ganz anders, als die anderen Männer in diesem Tal. Es reizt sie, sein Geheimnis herauszufinden.

Was ist das heute für ein schrecklicher Tag! Ein paar Reiter der Double Box sind eben eingetroffen, Jimmy Buskop ist auch dabei. Sie sind traurig und wütend zugleich, dass ihr Vormann erschossen wurde, und wären sofort mit Feuer und Flamme dabei, den Bankräubern zu folgen.

Mickey hebt die Hände und wiegelt ab. „Nicht so hastig, Leute. Ich denke, ich werde mit unserem indianischen Spurenleser zuerst einmal herausfinden, wohin die Verbrecher geflüchtet sind. Wenn wir mehr wissen, dann schlagen wir gemeinsam zu. Madsen ist, wie ich gehört habe, schwierig zu erreichen. Wir müssen gut vorbereitet sein, sonst könnten noch mehr von uns daran glauben."

Die Männer gehen hinüber zum Saloon. Laut sprechen sie miteinander, jeder hat einen anderen Plan, wie man mit den Verbrechern aufräumen müsste.

„Sind die Männer denn erkannt worden?", fragt Billy, der jüngste Reiter unter ihnen.

„Der eine der beiden ist mit ziemlicher Sicherheit Dusty MacKenzie gewesen, der zweite Mann ist nicht bekannt", antwortet Mickey.

„Oha, mit Dusty ist nicht zu spaßen, das ist ein skrupelloser Verbrecher", wirft Jimmy ein. „Ich kenne ihn aus dem Red Bull, er ist ein besonders unangenehmer Zeitgenosse." Er schüttelt sich noch bei dem Gedanken an den Mann.

Die alte Minenstadt

Gleich am frühen Morgen will Mickey mit dem Indianer der Spur von Dusty MacKenzie folgen. Im Boarding House lässt er für sich und den Jungen Falken Proviant einpacken. Sie bereiten sich auf einen mehrtägigen Ritt vor und beladen ihre Pferde. Für den Jungen Falken hat Mickey ein Leihpferd besorgt. Er kann zwar nach Indianerart ohne Sattel reiten, auf längeren Strecken ist es mit jedoch bequemer, außerdem lassen sich am Sattel viele unentbehrliche Dinge wie Gewehr, Proviant, Decke und Kochgeschirr befestigen.

Sie verlassen Gillette, der erste Teil der Strecke führt sie östlich auf dem alten Postweg entlang. Der Indianer steigt immer wieder ab und kontrolliert die Spuren auf dem Weg, bisher sind sie Dusty MacKenzie noch auf den Fersen.

Wolken ziehen über den blauen Himmel, in der Ferne sind die Ausläufer des Chipfoot Gebirges zu sehen, dass mit seinen dunklen Gipfeln den Horizont begrenzt. Sie reiten im Schatten des dichten Waldes auf der Südseite des Weges, so sind sie und ihre Pferde vor der sengenden Sonne geschützt.

Zwei Meilen weiter erreichen sie eine Abzweigung. In Richtung Süden führt ein schmaler Weg in die Berge, der erst vor kurzem benutzt worden ist. Der Junge Falke steigt ab und untersucht sorgfältig alle Spuren, dann zeigt er zu dem abzweigenden Weg. „Hier sie geritten, du selber sehen." Er weist mit dem Finger auf einen der Abdrücke im Staub, und tatsächlich, Mickey kann den beschädigten Huf gut erkennen.

Der Weg wird steiler, sodass die Pferde im Schritt gehen müssen. Der Pfad ist steinig und so schmal, dass sie hintereinander reiten müssen. Die Sonne scheint aus einem wolkenlosem Himmel, die Felswände werfen dunkle Schatten auf die beiden Reiter.

Der Indianer hebt die Hand und dreht sich zu Mickey um. „Du jetzt genau sehen, hier fängt versteckter Weg an, führen nach Madsen."

Er reitet auf eine Gruppe junger Fichten zu und Mickey erkennt dahinter eine Felsspalte. Zuerst sieht diese Felsspalte nur wie ein großer Riss im Felsen aus. Als sie sich nähern, bemerkt Mickey eine Öffnung, durch die ein Pferd eben hindurch gehen kann. Beide Reiter steigen nun ab und führen ihre Pferde in die Spalte hinein. Es ist fast dunkel am Grunde der engen Schlucht, nur wenig Licht dringt von oben herein. Es liegt viel Geröll am Boden, sodass sie nur langsam vorwärtskommen. Von vorn weht ihnen leichter Wind entgegen. Dreißig Yards weiter verbreitert sich die Spalte und wird zu einer schmalen Schlucht. Es ist heller geworden, von oben fällt mehr Licht herein. Die enge Schlucht ändert immer wieder ihre Richtung, erweitert sich und wird wieder schmaler. Häufig ist die Felsspalte so niedrig, dass sie absteigen und vorausgehen müssen. Zeitweise steht Wasser am Boden, Mickeys Stiefel werden nass, von den Wänden hallt das Geklapper der Hufe auf dem Geröll zurück.

Mickey hat das Gefühl, schon seit Stunden durch die enge Schlucht gegangen zu sein, da hebt der Indianer die Hand. Mickey schließt zu ihm auf und sieht ihm über die Schulter. Höchstens hundert Yards vor ihnen beginnt der verfallene Ort. Hier gab es vor zwanzig Jahren mehrere kleine Silberminen, aus dieser Zeit stehen hier noch etwa ein Dutzend Holzhäuser. Fast alle sind unbewohnt, die meisten Scheiben sind entzwei. Die einzige Straße ist voller tiefer Furchen und einige Tumbleweed-Büsche wehen umher. Die linke Häuserreihe ist überwuchert von Unkraut und Sträuchern und schmiegt sich an eine hohe Felswand.

Der Indianer weist auf das erste Haus an der vom Felsen abgewandten Seite der Straße. „Dort das Hotel, du sehen, zwei Pferde davor, will sehen, ob Dusty MacKenzie dort sein."

Und ehe Mickey noch antworten kann, ist der Indianer verschwunden. Wenige Momente später, erkennt er ihn flüchtig als Schatten zwischen den Pferden am Hotel. Eine Viertelstunde später taucht der Junge Falke unvermittelt wieder neben ihm auf.

„Dusty MacKenzie sein dort, und noch vier Männer, alle unten im Saloon beim Essen. Vier Pferde stehen hinter dem Haus."

Mickey denkt über die weitere Vorgehensweise nach und erläutert dem Indianer anschließend seinen Plan. „Wir könnten wieder nach Hause reiten und mit Verstärkung wiederkehren. Das hat den Nachteil, dass es noch zwei Tage länger dauern wird. Ich denke, dass wir sofort eingreifen sollten."

Der Junge Falke sieht ihn mit großen Augen an. Mickey grinst und führt seine Idee weiter aus. „Du" - er zeigt mit dem Finger auf den Indianer - „du wirst bis an das Ende der Häuser schleichen und dort ein Feuer anzünden. Ich hoffe, dass dadurch reichlich Verwirrung entstehen wird. Falls Madsen dabei abbrennt, wird es kaum jemand interessieren. Ich werde jetzt gleich mit dem Pferd dort hinüberreiten und das Hotel betreten. Ich bin für die Männer ein Unbekannter, es könnte sein, dass mich Dusty MacKenzie von der Bank her wiedererkennt, das Risiko gehe ich ein. Und sobald das Feuer bemerkt wird, nutze ich das Durcheinander, um ihn gefangen zu nehmen."

Er greift zu einem der Beutel am Sattel seines Pferdes und holt seinen zweiten Revolver mit einem Holster heraus. „Und das hier" - er hebt den Revolver hoch - „ist meine Lebensversicherung."

Der Junge Falke nickt. „Vielleicht das gehen, Problem sein andere Männer. Wenn Männer Dusty beschützen, dann du Schwierigkeiten."

Mickey stimmt ihm zu. „Du hast natürlich recht, aber ich erwarte nicht, dass sich jemand auf seine Seite stellen wird, das halte ich aber für sehr unwahrscheinlich. Unter Gaunern riskiert man nicht sein Leben, nur um einem anderen zu helfen."

Er nimmt seinen Gürtel ab und schiebt das zweite Holster darauf. Mickey kontrolliert beide Revolver und füllt Patronen nach. Er wollte nie wieder beide Revolver verwenden, hier geht es nicht anders, eventuell wird er sich mit mehreren Männern gleichzeitig schießen müssen.

Wieder ist der Indianer verschwunden, ohne dass Mickey es bemerkt hat. Der Cowboy klettert aus den Felsen heraus, holt sein Pferd Brighty nach und sitzt auf. Das Hotel ist ein Holzhaus mit einem oberen Stockwerk. Unten ist eine Art Boardinghaus, durch das Fenster kann Mickey dort ein paar Männer sitzen sehen, einige sind beim Essen. Er bindet sein Pferd an und geht vorsichtig um das Hotel herum. Mit einem Revolver in der Hand sieht er vorsichtig um jede Ecke, bevor er weitergeht. Hinter dem Gebäude stehen - so wie der Junge Falke schon berichtet hatte - noch weitere vier Pferde. Wieso vier Pferde - also insgesamt sechs ohne seines - wenn nur fünf Männer unten zu sehen sind? Es muss noch einer irgendwo im Hotel sein, vielleicht im Obergeschoss?

Mickey steckt den Revolver ein, geht zum Eingang und tritt ein. Die Männer drehen sich zu ihm um und sehen ihn misstrauisch an. Mickey erkennt Dusty MacKenzie an der Narbe im Gesicht, die bei dem Bankraub oberhalb des Halstuches zu sehen war. Der Verbrecher dagegen zeigt kein Zeichen des Erkennens, er hat Mickey in der Bank wohl nur von hinten gesehen.

Hinter der Theke steht der Wirt, er ist sehr dick und hat einen schwarzen Vollbart, er mustert Mickey mit ebenfalls finsterer Miene.

„Hallo Männer! Habt ihr etwas zu essen für einen hungrigen Reiter?"

Die Anwesenden murmeln undeutlich, keiner sagt wirklich etwas. Mickey Callaghan setzt sich scheinbar gut gelaunt an einen freien Platz „Hallo Meister!", ruft er dem Wirt zu. „Was kann man denn hier zu essen bekommen?"

„Essen ist aus!", brummt der Wirt ungehalten.

„Ich habe doch hinten in der Küche etwas Fleisch liegen sehen, ist das kein Essen?"

Der Wirt bekommt Zornesfalten auf der Stirn, er fühlt sich unwohl, weil er dem großen Mann mit den zwei Revolvern nicht gewachsen zu sein glaubt. „Die Steaks in der Küche sind schon vergeben."

So, denkt Mickey, das ist ja interessant, entweder will der Wirt mich ärgern, oder er hat mehr Gäste, als er zugeben will. Er will den dicken Kerl weiter herausfordern, vielleicht rückt er mit mehr Informationen heraus. „Ich sehe niemanden, ich habe Hunger und will jetzt etwas essen."

Mickey steht auf, geht zur Theke und stellt sich vor den Wirt. „Also, was ist nun mit meinem Steak?"

Der Wirt druckst herum und sagt dann: „Also gut, Mister, wenn Sie so darauf bestehen, brate ich ihnen ein Steak. Der andere Gast muss dann etwas warten."

„Gut! Es geht also doch", antwortet Mickey und tätschelt demonstrativ die Griffe seiner Colts. Er geht zwei Schritte zur Treppe und sieht hinauf, es ist nichts zu erkennen. Derweil geht der Wirt mit missmutigem Blick in die Küche und beginnt, das Steak zu braten.

Plötzlich springt einer der Männer in der Gaststube auf und stürzt zum Fenster. „Feuer! Da hinten brennt es!" Die anderen Gäste laufen auch zum Fenster und sehen hinaus. Mickey kann es jetzt auch erkennen, es brennt an mehreren Stellen, teilweise lodern die Flammen schon bis zu den Dächern hinauf. Sehr schön, denkt Mickey, sein indianischer Kollege hat ganze Arbeit geleistet.

Jemand dreht sich zum Tisch und sagt: „Das Feuer ist noch weit weg, Ich werde erst fertig essen und dann fortreiten."

„Spinnst du", sagt ein anderer. „Hier hat es seit Wochen nicht geregnet, die Häuser werden brennen wie Zunder, entweder du reitest sofort, oder dein Steak wird verkohlen, bevor du es aufgegessen hast."

Die Flammen lodern hell in den Abendhimmel, niemand hält es mehr im Gebäude aus, alle - auch der Wirt - laufen hinaus. Ein weiterer Mann verlässt das Hotel, das muss der sein, zu dem das sechste Pferd gehört, das Feuer hat ihn aufgescheucht. Mickey hat ihn bisher nicht bemerkt, er ist fast so groß wie er, er trägt einen schwarzen Bart und sieht für einen Mann recht gut aus.

Mickey beobachtet ihn aufmerksam, der Unbekannte sondert sich von den anderen ab und läuft fast unbemerkt hinter das Haus.

Mickey konzentriert sich auf Dusty MacKenzie, denn den will er stellen und mit nach Gillette nehmen. Dusty achtet nicht auf ihn, er hat eine Gepäckrolle unter einem Arm, eine Tasche in der Hand und eilt zu seinem Pferd. Mickey läuft hinter ihm her und hebt die Waffe. „Hände hoch, Dusty!", ruft er. „Stehenbleiben, keine Bewegung!"

Doch der Angerufene lässt die Gepäckrolle und die Tasche fallen, er kriecht schnell unter seinem Pferd hindurch und läuft davon.

Mickey drängt sich am Pferd vorbei und nimmt die Verfolgung auf. Dusty MacKenzie verschwindet hinter einer Ecke des Hotels, Mickey hastet darauf zu, kriecht auf dem Boden bis zur Ecke und sieht sich vorsichtig um. Zwei Schüsse krachen. Eine

Kugel pfeift über seinen Kopf hinweg, eine weitere schlägt in die Holzwand ein und übersät ihn mit etlichen Splittern, einige davon bohren sich in die Haut seines Gesichtes. Mickey zielt auf die Mündungsflamme und schießt. Er hört einen kurzen Schrei, nutzt die Gelegenheit, springt hinter der Ecke hervor und hechtet hinter einen Holzstapel. Und wieder kracht ein Schuss, der ihn verfehlt. Sein Gegner ist nervös, er schießt ungenau. Ruhe bewahren und präzise zielen ist besser, als nur flüchtig zu zielen und hektisch zu schießen. Mickeys Sinne geben ihm genaue Signale, seine geübten Hände arbeiten präzise und schnell. Er gibt zwei Schüsse auf das Versteck des Gauners ab, wieder kommt ein Schuss zurück. Er prägt sich die Stelle des Mündungsfeuers ein und gibt sofort einen genau gezielten Schuss ab. Es kommt keine Antwort, hinter dem Busch ist es dunkel und schlecht einzusehen. Eine Flamme schlägt aus dem angrenzenden Gebäude heraus und beleuchtet für einen Moment den Platz zwischen den Häusern. Mickey sieht im Feuerschein Dusty MacKenzie hinter einem Busch am Boden liegen, er hat seinen Gegner offensichtlich getroffen. Es wird jetzt Zeit, dass er von dieser Stelle verschwindet, die Flammen nähern sich rasch, die Zeit drängt.

Mickey steht auf, läuft zur Straße und sieht sie hinunter. Der kleine Ort brennt überall, laut lodern die Flammen, ein Balken kracht neben ihm zusammen, ein Funkenregen weht über die Straße. Heiß spürt er die Hitze der Flammen in seinem Gesicht.

Er scheint der Letzte zu sein, der dem Flammeninferno trotzt. Sein Pferd steht am Haltebalken und zerrt panisch an der Leine, das Pferd von Dusty MacKenzie zieht ebenfalls mit großen Augen am Zügel. Er löst das Pferd des toten Verbrechers, das Tier läuft wie von Teufeln gejagt davon. Sein Blick fällt auf den Boden, dort liegen eine zusammengerollte Decke und die Tasche, die der Gauner vor seiner Flucht fallengelassen hat. Mickey greift danach, die Zeit drängt, schnell befreit er sein Pferd, springt in den Sattel und reitet zum Ortsausgang. Dort hält er inne und sieht sich nach dem Indianer um, hoffentlich konnte er sich rechtzeitig in Sicherheit bringen. Der Junge Falke hat sich als hervorragender Spurenleser und Gehilfe herausgestellt, ohne ihn hätte er seinen Plan nicht verwirklichen können.

Wie aus dem Nichts steht plötzlich der Junge Falke neben ihm. Der Indianer greift nach seinem Zügel. „Ich bin froh, dass du leben. War in Sorge wegen der Schüsse."

Mickey drückt ihm die Hand. „Das mit dem Feuer hat super geklappt, es kam genau im richtigen Moment." Beide ziehen sich nun zurück, die Hitze ist unerträglich geworden, Asche weht durch die Luft. Der Junge Falke steigt auf sein Pferd, beide reiten ein Stück in den Wald und suchen sich ein Lager für die Nacht.

Geoffrey Banks

Als Mickey früh am nächsten Morgen aufwacht, kommt der Junge Falke gerade mit ein paar trockenen Ästen auf dem Arm zurück und entfacht ein Feuer. Mit ein paar Kaffeebohnen und der Pfanne bereiten sie sich ein heißes Getränk. Sie sitzen auf einem Baumstamm und essen das mitgebrachte Gemisch aus Dörrfleisch und Fett. Es ist Pemmikan, der Proviant der Indianer.

Mickey begutachtet im hellen Licht des Morgens die Tasche, die er vor dem Feuer gerettet hat. Sie enthält das geraubte Geld von dem Banküberfall! So ein Glück, da werden die Leute in Gillette Augen machen.

Die Sonne erhebt sich jetzt über dem Gebirgszug. Das Gras ist feucht vom Tau und zwischen den Bäumen hängt Nebel. Heute wird wieder ein schöner Tag werden.

Mickey bespricht mit dem Jungen Falken ihre gemeinsame Aktion von gestern. „Hast du von den Reitern im Hotel jemanden erkannt?", fragt er den Indianer.

Der Junge Falke wiegt den Kopf hin und her. „Junger Falke ist nicht sicher. Einer war Dusty MacKenzie, und zwei waren seine Freunde. Einer davon hat in Gillette bei Banküberfall auf Pferde aufgepasst. Noch drei andere Männer, und einer davon oben in Hotel."

„Ach", sagt Mickey, „war das der Große mit dem schwarzen Bart?"

Der Junge Falke nickt. „Junger Falke hat ihn gesehen vor zwei Jahren in Gillette, damals er ohne Haar in Gesicht."

„Kennst du seinen Namen?"

„Nein, ich nur hören, man rief ihn Jeff."

Das ist doch schon eine Menge, denkt Mickey bei sich, ein Mann namens »Jeff«, der vor zwei Jahren schon einmal in Gillette war und damals keinen Bart trug. Er hat schon mit weniger Informationen Leute aufgespürt.

Am späten Nachmittag erreichen sie Gillette. Mickey reitet mit dem Jungen Falken zum Saloon und betritt mit dem Indianer den Schankraum. Etliche Cowboys sitzen dort, unter anderem zwei Reiter von der Double Box. Sie stürzen sich sofort auf Mickey und fragen ihn aus. „Mensch, erzähl! Was ist passiert?", drängen sie auf ihn ein.

Mickey berichtet von ihrem Überfall auf Madsen so genau er kann, und erwähnt auch die hervorragende Zusammenarbeit mit dem Indianer. Erstaunt sehen die Männer zu dem Jungen Falken, der hinter ihnen steht, einige klopfen ihm anerkennend auf die Schulter.

Die Männer brechen in Jubel aus, als sie hören, dass Madsen abgebrannt ist. „Hurra!", rufen sie, „endlich ist das verwünschte Gaunernest ausgelöscht worden!"

Mickey setzt sich zu Matt Richmond, der ihn ebenfalls zu dem gelungenen Coup beglückwünscht. „Sag mal", fragt er ihn, „kennst du einen aus der Bande um Dusty MacKenzie, den man »Jeff« nannte?"

Matt denkt eine Weile nach. „Es gab hier vor etwa zwei Jahren einen Geoffrey Banks, den nannte man so, kannst du mir noch mehr über ihn sagen?"

Mickey denkt nach. „Er ist fast so groß wie ich, schlank und trägt einen schwarzen Bart."

„Ich glaube, das kommt hin, der Geoffrey, den ich meine, war schwarzhaarig, hatte keinen Bart, das mag er inzwischen geändert haben. Unterschätze ihn nicht, der Kerl ist gefährlich. Er gibt sich freundlich, ich halte ihn für gerissen und skrupellos."

Mickey ist verblüfft, da ist ihm anscheinend ein dicker Fisch durch die Lappen gegangen. Matthew Richmond fährt fort: „Ich denke, dass er der Anführer der Bande ist, er ist intelligent und nicht so leicht hinters Licht zu führen. Wenn du dich mit dem anlegst, musst du auf der Hut sein."

Mickey klopft seinem Kumpel auf den Arm. „Vielen Dank Matt, ich bin dir sehr dankbar und werde das im Auge behalten, bis bald!" Seine weiteren Pläne führen ihn wieder auf die Straße. Auf dem Weg zu Peter O'Connell, dem Schmied, kommt er am Marshalls Office vorbei und nutzt die Gelegenheit, ihn zu sprechen. Der Gesetzeshüter sitzt auf einem Stuhl vor seinem Büro und beobachtet den zunehmenden Betrieb auf seiner Straße. Der Stuhl ist nach hinten gekippt, der Marshall balanciert ihn auf den hinteren Beinen, indem er seine Stiefel gegen ein Brett am Boardwalk stützt.

Mickey tritt zu ihm. „Hallo, Marshall, ich glaube, wir sind uns noch nicht vorgestellt worden. Ich bin Mickey Callaghan."

Der kippt den Stuhl auf alle vier Beine, nickt und ergreift die angebotene Hand. „Ich bin Richard Taylor, ich werde von allen Richie genannt. Willkommen in meiner Stadt."

Mickey setzt gerade an, um den Marshall über Dusty MacKenzie und Geoffrey Banks auszufragen, da unterbricht ihn der: „Mir ist eben zugetragen worden, was du in Madsen angestellt hast. Junger Mann, da hast du eine Menge Glück gehabt, ich schätze solche Alleingänge nicht. Trotzdem danke ich dir für die Hilfe, insbesondere für dein entschlossenes Eingreifen bei dem Banküberfall."

„Entschuldige, Richie, dass ich dir widersprechen muss", antwortet Mickey. „Du warst es doch, der keine Posse zusammenstellen wollte, weil das, nach deinen eigenen Worten, keine Aussicht auf Erfolg haben würde. Du hast mich letztlich zu meinem Alleingang gezwungen. Ich konnte nicht gut die Hände in den Schoß legen und die Gauner mit dem Geld abziehen lassen. Ganz davon abgesehen, dass sie unseren Vormann erschossen haben!"

„Okay, okay", wiegelt der Marshall ab, „merk dir für die Zukunft, dass ich vorher gerne informiert werden will."
Mickey schüttelt den Kopf, der Marshall ist ihm keine große Hilfe. Er verabschiedet sich und setzt seinen Weg in Richtung Schmiede fort.

Peter O'Connell steht vor der Esse und bearbeitet eine Pflugschar. Die rote Glut aus dem Ofen strahlt auf sein Gesicht, Schweiß tropft ihm von der Stirn und läuft vom Gesicht hinunter.

„Schwer beschäftigt, was?", fragt Mickey.

„Das kannst du wohl sagen, dieser verdammte Pflug beschäftigt mich nun schon eine ganze Weile. Ich kann jetzt keine Pause machen, ich brauche wohl noch eine halbe Stunde."

Mickey tippt an seinen Stetson und wendet sich in die Richtung des Gillette Mirror. Rasch hat er das nahegelegene Büro erreicht und tritt ein. Der Raum ist mit mehreren Regalen bestückt, die bis zum Brechen mit alten Ausgaben und Papier gefüllt sind. In der Mitte des Raumes steht eine große Presse, sie füllt den kleinen Raum zur Hälfte aus. John Clarkdale sitzt am Schreibtisch und arbeitet an einem Entwurf. Am Schreibtisch steht ein zweiter Stuhl, auf dem ein dicker Stapel Papier liegt.

Der Redakteur sieht Mickey, er zeigt auf den Stuhl. „Nimm das Zeug da runter und setz dich zu mir."

Mickey setzt sich und sieht auf das Blatt Papier mit den Skizzen. „Was wird denn das?"

John Clarkdale lächelt. „Das möchtest du wohl wissen, was? Das ist ganz einfach zu erklären." Er schiebt das Blatt zu Mickey hinüber, jetzt kann er es lesen. Es ist der Entwurf für die Anzeige seiner Hochzeit. »Helen Overbeck und John Clarkdale«, kann Mickey dort sehen.

„Das habe ich über all der Hektik der letzten Tage ganz vergessen", ruft Mickey aus und schüttelt dem strahlenden John die Hände. „Es freut mich wirklich ganz ehrlich, dass es klappt mit euch beiden. Helen ist ja wohl ein süßes Mädchen, wann soll die Hochzeit denn sein?"

John Clarkdale nennt ein Datum in ungefähr vier Wochen. „Nach der Vermählung wird es Tanz geben, die Scheune von deinem Boss wird hergerichtet, und alles, was zwei Beine hat, kommt dazu."

Mickey strahlt zurück. Das ist doch mal eine gute Nachricht nach all dem Ärger der letzten Zeit.

„Ich würde mich freuen, wenn du auch kommen könntest", fügt John hinzu. „Ein paar Mädchen werden auch erwartet, denen kannst du den Kopf verdrehen." Er lacht und freut sich über Mickeys leuchtende Augen.

Der denkt sofort an Marilyn Baker und hofft, dass sie auch unter den Gästen sein wird. Vielleicht könnte er bei der Gelegenheit mit ihr sprechen. Mit etwas Glück wird er sogar mit ihr tanzen können. Doch zuerst sind einige Probleme aus dem Weg zu räumen. „Kennst du einen Geoffrey Banks?", fragt er, „den habe ich gestern aus Madsen fliehen sehen."

„Hm", der Redakteur überlegt. „Der ist, glaube ich, vor zwei Jahren mal hier in der Gegend gewesen. Es gab da eine Geschichte zwischen ihm und Marilyn Baker. Ich denke, ich habe die Zeitung von damals aufgehoben." Er geht zu einem der beiden Regale und wühlt in den Stapeln von Papier. „Einen kleinen Moment, ich bin ganz sicher, dass ich das noch habe."

Ein paar Minuten später fischt er eine Seite seiner Zeitung aus dem Stapel heraus. „Hier bitte, sieh dir das mal an."

Mickey hält das Zeitungsblatt vor sich und überfliegt es. Laut Datum ist es genau zwei Jahre und zwei Wochen alt. Dann hat er den erwähnten Artikel gefunden. In dicken schwarzen Lettern steht dort: **Mädchenschänder festgenommen.** Der Text gibt wenig her, es sind nur ein paar Zeilen. Mickey liest dort, dass Marilyn Baker von Geoffrey Banks und weiteren zwei Männern Gewalt angetan wurde. Glücklicherweise kam der Bruder, Mitchell Baker, rechtzeitig dazu und konnte eine weitere Zuspitzung verhindern. Der gemeinsame Zugriff von Mitchell Baker und drei weiteren Cowboys der Double-M-Ranch führte zur Festnahme von zwei Männern.

„Ich kann mich noch genau daran erinnern", sagt John Clarkdale, „das war damals ein ziemlicher Wirbel. Am schlimmsten war es jedoch, dass sie nach ein paar Tagen alle wieder freigelassen wurden." Mickey sieht ihn überrascht an. „Ja, da staunst du", sagt John, „so war das damals, zuerst eine große Aktion und – puff- sind alle frei. Wenn ich mich recht erinnere, hatte Marilyn Baker ihre Aussage zurückgezogen. Von den Zweien hat man keinen wiedergesehen."

„Bis jetzt", korrigiert Mickey, „ich bin mir ziemlich sicher, dass dieser Geoffrey Banks wieder hier im Tal ist." Er erzählt dem staunenden Redakteur von seinem Überfall auf Madsen.

Dieser bekommt mit jedem Satz von Mickey immer heller leuchtende Augen. „Das ist ja eine tolle Geschichte! Sprich langsam, dann kann ich mir Notizen machen, das kommt morgen als Extrablatt heraus!"

Als Mickey später zur Schmiede reitet, ist Peter O'Connell mit dem Pflug fertig. Er räumt gerade auf und unterbricht seine Arbeit, als Mickey hereinkommt. Mickey erzählt auch ihm von seinem Abenteuer. Der Schmied haut sich mit der Hand aufs Bein, dass es laut klatscht. „Das war ja wieder ein typischer »Fast Cally«. Du kannst nicht aus deiner Haut, mein Freund, so gerne du es möchtest. Was soll's, solange du auf dem richtigen Weg bleibst, ist es doch nicht so verkehrt, oder?"

„Du hast leicht reden, ich habe in den letzten Tagen schon wieder zwei Männer erschossen, es hätten auch mehr werden können. Du hast natürlich recht, im Grunde genommen war es nicht zu vermeiden gewesen. Manchmal denke ich, anders ist nicht für Ordnung zu sorgen, damit rechtschaffene Menschen in Frieden leben können." Auch der Schmied wird von ihm über Geoffrey Banks ausgefragt. Peter O'Connell kann sich an ihn erinnern, nur vage, kurz nach seiner Ankunft in Gillette ist er ihm mal begegnet. Er verspricht Mickey, die Augen offen zu halten. „Jeder der ein Pferd hat, muss irgendwann zu mir kommen."

In Mickeys Kopf arbeitet es auf Hochtouren. Die Vergewaltigung von Marilyn geht ihm nicht mehr aus dem Kopf. Das arme Mädchen, das erklärt natürlich ihr gesamtes Verhalten. Dass sie nichts mehr mit Männern zu tun haben will, ist nur zu verständlich. Wie leid sie ihm jetzt tut, ganz schwer wird ihm ums Herz. Ich muss ihr helfen, geht ihm immer wieder durch den Kopf. Wenn er es nicht kann, wer denn sonst? Er hat zwar die Figur und das Geschick zum Kämpfen von seinem Vater geerbt, das sanftmütige, hilfreiche Wesen seiner Mutter, ist jedoch das bestimmende Erbe geblieben.

Ein noch unklarer Plan führt ihn zum Gillette General Store. Er erinnert sich daran, dass er den Bruder von Marilyn, Mitchell Baker in den Laden getragen hat. Dieser Bruder hatte damals offenbar eine Schlüsselfunktion, ihn wird er jetzt zu der Geschichte befragen.

Er betritt den Store, Jennifer räumt gerade einen Schrank neu ein. „Hallo, schönes Fräulein", begrüßt Mickey sie. Der Boden des Ladens ist mit lauter Konservendosen übersät. „Was ist denn hier passiert?"

„In dem Schrank ist ein Brett durchgebrochen, diese Konserven sind allerdings sehr schwer, das musste wohl mal irgendwann passieren."

„Kann ich Ihnen helfen?", fragt er sie.

„Danke, das ist nett gemeint. Ich bin jedoch beinahe fertig."

„Wird Mitchell hier noch gepflegt?", kommt er zum Grund seines Besuches.

Das junge Mädchen lächelt. „Ja, er liegt immer noch hinten im Bett. Er wird immer ungeduldiger und kann es nicht abwarten, endlich aufstehen zu dürfen. Was möchten Sie denn von ihm?

„Ich habe nur eine Frage an ihn", antwortet Mickey unbestimmt. „Darf ich nach hinten gehen?"

„Ja, Sie kennen doch den Weg."

Mitchell liegt im Bett und liest in einer eine Woche alten Ausgabe des Gillette Mirror. Er sieht erstaunt auf, als Mickey hereinkommt. Sein Gesicht ist noch blass, sein Arm ist verbunden.

„Der Teufel soll mich holen, wenn das nicht unser Held ist!", ruft er aus, als er Mickey Callaghan erblickt. „Die Nachricht von deinem Abenteuer hat in der ganzen Stadt inzwischen die Runde gemacht."

Mickey grinst und wiegelt ab. „So eine Heldentat war das nicht, ich habe nur viel Glück gehabt." Er zeigt auf den verbundenen Arm. „Und wie geht es dir, heilt die Wunde?"

„Ach, hör bloß auf. Ich habe schon die Nase voll von dem Liegen im Bett. Ich habe heute Morgen mit dem Doc gesprochen, ich kann morgen nach Hause. Ich darf den linken Arm noch nicht benutzen, weil dort ein paar Muskeln verletzt sind, das dauert noch eine Weile, bis das verheilt sein wird."

„Das ist ja prima, das freut mich für dich, dass es dir besser geht." Mickey legt eine Hand auf den Arm des Verletzten. „Mitchell, ich muss dich mal etwas fragen."

„Nur zu, ich stehe in deiner Schuld und werde dir helfen, so gut ich es kann."

Mickey schluckt, das Thema ist ihm wichtig, jetzt muss er seine Frage loswerden. „Geoffrey Banks scheint wieder im Tal zu sein."

„Was?! Ich wusste, dass dieser Dreckskerl eines Tages wieder hier auftaucht! Hätte ich ihn nur damals auch erschossen!" Mitchell ist außer sich vor Zorn.

„Das kann ich verstehen. Genau zu diesem Vorfall habe ich eine Frage. Ich habe dem Zeitungsfritzen John Clarkdale erzählt, dass dieser Banks hier wieder sein Unwesen zu treiben scheint, da hat er mir die Zeitung über diesen Vorfall gezeigt. Würdest du mir erzählen, was vor zwei Jahren passiert ist? Deine Schwester Marilyn war doch betroffen."

Mitchell schäumt immer noch vor Wut. „Ja, es war damals ein großes Glück für meine Schwester, dass ich in der Nähe war. Drei Männer hatten ihr Gewalt angetan, einen habe ich erschossen. Die anderen zwei nahm man fest und ließ sie später wieder frei."

Mickey nickt traurig. „Dann ist es kein Wunder, das sie Männern aus dem Weg geht. Das arme Mädchen!"

Mitchell fixiert Mickey mit festem Blick. „Ich werde meine kleine Schwester immer wieder gegen aufdringliche Männer verteidigen. Ganz egal, wie schnell sie mit der Waffe sind!"

Mickey hat ihn genau verstanden. Mit ernster Stimme antwortet er: „Ich gebe dir mein Wort, dass ich nie zu einer Frau zudringlich werde, und bestimmt nicht zu deiner Schwester!"

Mitchell nickt bedächtig. „So habe ich dich eingeschätzt, das musste ich trotzdem loswerden. Sie ist doch meine kleine Schwester!"

Die Tür klappt, Jennifer Nolan ist hereingekommen, sie setzt sich auf die Bettkante und hält Mitchells Hand. Mickey grinst und sagt: „Was ist mit deiner Krankenpflegerin, will sie dich denn gehen lassen?"

Jennifer sieht zu Boden und wird rot. Mitchell blickt sie lächelnd an und sagt: „Das geht schon. Wir sind uns einig, dass wir uns jetzt häufiger sehen wollen."

Die Glocke an der Tür zum Laden klingelt, Jennifer verschwindet, um einen Moment später gemeinsam mit Marilyn Baker wiederzukommen. Die stürzt sich auf ihren Bruder und küsst ihn auf die Wange. „Na, Bruderherz, hast du auch keine Langeweile?"

Mitchell grinst. „Sieh dich doch mal um, hier ist so viel Gedränge wie auf einem Jahrmarkt."

Marilyn sieht zu Mickey hoch, sie ergreift seine Hand und drückt sie. „Vielen Dank, dass Sie uns so tüchtig geholfen haben, das können wir kaum wieder gutmachen."

Allein ihr Blick entschädigt Mickey für allen Ärger und Mühsal der letzten Tage. Ihre dunklen Augen lächeln ihn an, ihm wird ganz warm ums Herz. „Das ist schon in Ordnung, war keine große Sache."

„Da hörst du es", sagt ihr Bruder, „aber damit lassen wir ihn nicht durch." Er überlegt kurz. „Kann Mickey nicht morgen mit zu Vater kommen? Dann hast du jemanden, der dir hilft, mich zu transportieren. Vater wird sich über einen Gast freuen, da bin ich mir sicher."

Marilyn nickt. „Du bist ein großer Kerl, da kann ich schon Hilfe gebrauchen." Sie wendet sich an Mickey. „Wir fahren mit dem Wagen. Wenn Sie mögen, sind Sie herzlich willkommen."

Mickey ist glücklich. Er kann sich im Moment nichts Schöneres vorstellen, als die Gesellschaft von Marilyn. „Es ist mir ein Vergnügen, Miss, ich muss nur meinen Boss wissen lassen, dass ich einen Tag länger fehlen möchte. Ich will gleich sehen, ob ich jemanden von meinen Leuten finden kann, der Tippy Overbeck von dem Besuch bei euch informiert. Ich hoffe, dass ich noch einen Tag länger fortbleiben darf."

„Also, wir sehen uns morgen früh!" Sie machen eine Zeit aus, Mickey geht auf die Straße hinaus und sieht sich nach einem Reiter von ihrer Ranch um. Er findet gleich drei von ihnen, es sind Johnny, Jimmy und Ken, die vor dem Saloon »Cattlemen's Palace« stehen und dummes Zeug machen.

Mickey hört gerade noch: „...und dann knüpfen wir ihn am nächsten Baum auf!"

„Von wem sprecht ihr?", fragt er mit einem Lächeln im Gesicht.

Jimmy strahlt, er freut sich, Mickey zu sehen, und antwortet: „Wir malen uns gerade aus, was wir mit Geoffrey Banks machen, wenn wir ihn erwischen."

„Wenn Ihr ihn denn erwischt!", antwortet Mickey mit einem Grinsen im Gesicht.

„Wir sind uns inzwischen darüber im Klaren, dass es ohne deine Hilfe nicht gehen wird." Jimmy lacht und klopft Mickey kräftig auf die Schulter.

Der erinnert sich an seine Verabredung für morgen. „Ich bin von Marilyn Baker gebeten worden, ihren Bruder nach Hause zu bringen. Was meint ihr, kann ich deshalb einen Tag länger bleiben? Ich werde morgen Abend auf die Ranch kommen, versprochen."

Seine Kollegen lachen. „So, so! Da ist wohl eher Marilyn Baker der Grund für den freien Tag, als der verletzte Bruder!" Jimmy fügt noch mit einem Grinsen hinzu: „Wie auch immer, ich wünsche dir viel Erfolg, du hast es verdient!"

Mickey antwortet mit einem Grinsen „Ich weiß beim besten Willen nicht, wovon du sprichst." Er verabschiedet sich entspannt lachend von den Jungs und betritt den Saloon.

An einem der beiden Spieltische sitzt Matthew Richmond. Mit unbewegtem Gesicht sieht er auf die Karten und ist dabei, einigen leichtsinnigen Spielern das Geld aus der Tasche zu ziehen. „Hallo, Matt, wie läuft es bei dir? Ist dir das Glück gewogen?", begrüßt ihn Mickey.

Matthew grinst. „Du weißt doch, wie das so läuft. Mal gewinnt man, mal verlieren die Anderen."

Er sieht kurz in seine Karten, dann auf den kleinen Haufen aus Scheinen und Münzen, die vor ihm auf dem Tisch liegen.

„Heute läuft es gut, das ist nicht immer, so. Leider." Mickey sieht ihm eine Weile zu. Matthew erweckt sehr geschickt den Eindruck, dass er ein besonders gutes Blatt hat. Mickey steht dann auf, um sich an die Bar zu setzen und sieht im Vorübergehen auf die Karten von ihm, er kann dort bestenfalls ein Pärchen erkennen. Mick ist es schleierhaft, wie Matt mit diesem Blatt gewinnen will, eben deswegen hält dort Matthew Richmond die Karten in der Hand, und nicht er.

Die Double M Ranch

Am nächsten Morgen geht Mickey nach dem Frühstück zum Livery Stable. Die Sonne ist gerade aufgegangen, ein rosa Schimmer leuchtet am Horizont, der Wind hat etwas aufgefrischt und schiebt ein paar zerzauste Wolken über den Himmel. Jetzt sieht das Wetter noch gut aus, es wird im Laufe des Tages wohl noch Regen geben.

Er sitzt auf und reitet das kurze Stück zum Store der Familie Nolan. Ein kleiner, offener Einspänner steht davor, Jennifer und Marilyn sind gerade dabei, zwei Strohsäcke auf die Ladefläche zu legen.

„Guten Morgen, meine Damen, kann ich Ihnen helfen?"

Die beiden Mädchen tuscheln und lachen dann. „Hallo Mickey! Sie können uns helfen, Mitchell auf die Strohsäcke zu legen. Sonst ist alles fertig, unser Gepäck ist schon aufgeladen", erläutert Jennifer.

Mickey geht ins Haus zu Mitchell. Der sitzt angezogen auf seinem Bett und freut sich, als er ihn bemerkt. „Wird Zeit, dass du kommst, die Damen tragen mich sonst noch selbst raus."

„Das fehlt noch, komm schon, sonst nehme ich dich über die Schulter, wie einen Kartoffelsack."

Eine halbe Stunde später ist das Gefährt unterwegs, Marilyn sitzt auf dem Kutschbock und die beiden Männer auf der Ladefläche. Sie folgen weiter dem Postweg, die Räder vieler Wagen haben tiefe Furchen in den sandigen Weg gegraben.

Mickey sitzt hinten bei Mitchell und achtet darauf, dass die Strohsäcke nicht verrutschen und der Verletzte gut gestützt wird. Ab und zu sieht er zu Marilyn, die auf dem Kutschbock sitzt. Sie hat die Zügel in der Hand und lenkt routiniert die Pferde. Ihr schwarzes Haar ist jetzt offen und bewegt sich im Wind. Ab und zu sieht sie zu den beiden Männern hinunter und dann treffen sich Mickeys und ihre Blicke.

Sein Pferd ist hinten angebunden und läuft geduldig hinterher. Die Winchester steckt nicht im Sattel, Mickey hat sie bei sich auf dem Wagen. Sein Gürtel ist immer noch mit seinen beiden Sixshootern, den .44er »Single Action Army« von Colt, bestückt. Er wird jetzt wieder beide Waffen tragen. Zum einen hat sich seine Bewaffnung im Ort wie ein Lauffeuer herumgesprochen. Zum anderen weiß man nie, was ihnen auf dieser Fahrt passieren kann, es sind ganz offensichtlich Verbrecher im Tal. Mickeys Wunsch nach einem Leben ohne Schießerei, hat sich innerhalb weniger Tage in Rauch aufgelöst.

Sie passieren den Abzweig zur Double Box, Mitchell erklärt Mickey die Lage der Ranches untereinander. „Hier geht es zu euch, die nächste Ranch gehört den Hendersons. Und wenn es nicht mehr weitergeht, haben wir die MM-Ranch oder Double-M-Ranch, erreicht, sie liegt am Ende des Tales, schon ein bisschen in den beginnenden Bergen. Deswegen haben wir auch mehr Arbeit mit den Rindern, die Weideflächen sind immer wieder durch felsige Erhebungen unterbrochen. Das Gras ist hier besonders gut, das ist auch der Grund, warum mein Vater sich gerade dieses Land ausgesucht hat."

Sie zweigen vom Postweg nach Süden ab und folgen dem ansteigenden Weg, Bäume stehen auf beiden Seiten und werden gelegentlich durch kurze, felsige Hänge unterbrochen.

Sie erreichen die Ranch und Marilyn lenkt den Wagen auf den Vorplatz des Haupthauses. Mickey sieht sich überrascht um und bestaunt das hübsche Fleckchen Erde. In einer Felsenmulde befindet sich ein kleiner See, vielleicht einhundert Yards lang und etwa halb so breit. Die Ranch zeigt mit der Veranda zum See, das Haus liegt so hoch, dass man in Richtung Norden, über den See hinweg, über das ganze Tal blicken kann.

„Ihr habt es schön hier", sagt Mickey zu Mitchell.

„Ja, wir lieben es sehr. Es ist ein Vorteil, dass es relativ abgelegen ist, bisher haben sich noch keine Gauner, wie zum Beispiel Rinderdiebe, zu uns verirrt."

Marilyn lässt den Wagen vor dem Eingang halten, Mickey springt hinunter und hilft Mitchell beim Absteigen. Mit seiner Hilfe wird Marilyns Bruder in seinem Bett untergebracht, allerdings nicht ohne heftigen Protest. „Das habe ich geahnt, dass ich wieder im Bett lande. Mit einem armen Kranken kann man das machen! Mickey, hilf du mir, wenn meine Schwester schon kein Mitleid mit mir hat."

Der kann Mitchell gut verstehen und schlägt einen Kompromiss vor. „Könnte Mitchell nicht in einem Stuhl auf der Veranda sitzen, eventuell ab morgen?"

Marilyn überlegt einen Moment und nickt zustimmend. „Okay, euch beiden kann ich ohnehin nichts abschlagen!"

Der Vater von Marilyn und Mitchell Baker kommt ihnen aus dem Haupthaus entgegen. Mister Baker ist ein kräftiger, mittelgroßer Mann mit einigen grauen Haaren, Mickey schätzt ihn auf etwa sechzig Jahre. Der alte Rancher begrüßt Mickey mit einem kräftigen Handschlag, den der junge Cowboy gerne erwidert.

„Herzlich willkommen auf der Double M, junger Mann. Es freut mich, Sie kennenzulernen, kommen Sie mit mir und setzen Sie sich zu mir auf meinen Lieblingsplatz. Den Wein gibt es erst, wenn wir uns beim Vornamen nennen, ist das ein faires Angebot?"

Mickey lacht dazu. „Den Vorschlag kann ich unmöglich ablehnen."

Mickey folgt dem Rancher auf die Veranda vor dem Haus. Sie ist aus Holz gebaut und teilweise überdacht, mehrere Stühle und ein Tisch stehen dort.

„Setz dich, mein Junge. Setz dich und sage, was du trinken möchtest."

Mickey lässt sich nicht zweimal bitten, er nimmt Platz und genießt die wunderbare Aussicht. Der kleine See ist etwa fünfzig Yards entfernt, ein leichter Wind bläst darüber. Das Wetter wird sich ändern, kleine Wellen kräuseln sich und lassen das Wasser grau erscheinen. Über den See hinweg kann man nahezu ungehindert über einen großen Teil des Tales sehen, ein Wald und ein felsiger Hang begrenzen die Aussicht.

„Du hast es hier wunderschön", sagt Mickey und fügt hinzu: „Was möchtest du mir denn anbieten?"

„Tja, mal überlegen", sagt der Rancher und ruft dann eine ältere Frau - sie scheint die Hauswirtschafterin zu sein - zu sich. „Sag mal, Esmeralda, kannst du uns eine Flasche von dem kalifornischen Rotwein bringen?"

Die alte Dame verschwindet, Mickey sieht ihr neugierig hinterher. „Ist sie Spanierin?"

Mark Baker nickt. „Ja, das ist eine lange Geschichte, wenn du möchtest, erzähle ich sie dir."

Mickey stimmt gerne zu, ihn interessiert alles, was mit Marilyn zu tun hat.

Die Spanierin Esmeralda bringt eine Flasche Wein und zwei Gläser, Mark Baker schenkt ein und beginnt mit seiner Geschichte.

„Es war etwa 1840, ich lebte damals in San Francisco und war Teilhaber an einer Schifffahrtslinie, die an der Westküste zwischen San Francisco und Portland Waren und Passagiere transportierte. Das Geschäft lief gut, ich war ziemlich wohlhabend."

Mark Baker blickt in die Ferne, er ordnet seine Gedanken und fährt fort. „Eines Tages, ich saß nach Geschäftsschluss in einem Gasthaus am Hafen, beobachtete ich durch das Fenster, wie auf der Straße ein paar Jugendliche einem Passanten die Geldbörse stahlen. Der Mann drehte sich um, und versuchte die Diebe zu erwischen. Zwei von ihnen, beides Jungen, wie ich später erfuhr, konnten mit der Brieftasche flüchten. Die dritte Person war ein Mädchen, das der Mann an den Haaren festhielt und auf sie einschlug. Ich lief auf die Straße und bot meine Hilfe an, ich hatte Mitleid mit dem Kind.

„Was machen Sie da mit der Kleinen, sie hat doch sicher nur gestohlen, weil sie Hunger hat!"

Der Mann hielt inne und sah mich verdutzt an. „Na, Sie sind gut, wer ersetzt mir jetzt den Schaden?"

„Wenn Sie das junge Ding schlagen, bekommen Sie Ihr Geld auch nicht zurück. Wie viel ist es denn gewesen?"

Der Mann überlegte kurz: „Es mögen etwa zwanzig Dollar gewesen sein."

Das war für mich nicht allzu viel Geld, ich hatte auch genug bei mir. Aus meiner Geldbörse gab ich dem überraschten Mann zwanzig Dollar.

Das Mädchen hielt ich bei der Hand und sah sie mir aus der Nähe ein. Sie war noch sehr jung, etwa sechzehn Jahre alt, war schmutzig und in Lumpen gekleidet. Sie sah mich aus großen, dunklen Augen verängstigt an und fragte mich: „Was wollen Sie jetzt mit mir machen, Mister?"

„Du brauchst dir keine Sorgen zu machen, zuerst bekommst etwas zu essen."

Die Kleine bekam leuchtende Augen, dann blickte sie wieder sehr niedergeschlagen. „In das Gasthaus lässt man mich bestimmt nicht hinein, weil ich so schmutzig bin."

Ich konnte sie beruhigen. „In dem Gasthaus bin ich ein guter Kunde, die werfen dich nicht hinaus, da bin ich ganz sicher!" Der Kellner zog zwar ein säuerliches Gesicht, man wollte mich jedoch nicht als Kunden verlieren und akzeptierte das schmutzige Kleid meines Findelkindes. Das Mädchen fiel völlig verhungert über das Essen her. Ich habe später dafür gesorgt, dass sie baden konnte und neue Kleidung bekam.

„Warum lebst du auf der Straße?", habe ich sie gefragt, als sie wieder wie ein Mensch aussah.

„Meine Eltern sind tot, sie sind bei einem Schiffsunglück ums Leben gekommen."

„Hast du gar keine Verwandten mehr oder Freunde, bei denen du wohnen könntest?"

„Ich habe eine Patentante, bei der ich schlafe, sie hat nur zu wenig, um mir davon abgeben zu können."

Ich sah sie an und überlegte lange. Die Kleine, sie hieß Mercedes Rodriguez, sah gewaschen und in den neuen Kleidern sehr hübsch aus. Sie hatte große schwarze Augen, die mich nicht mehr losließen. Ihre Haare waren lang, rabenschwarz und umhüllten ein Gesicht wie aus einem Bilderbuch. Ich sagte zu ihr: „Ich wohne in einem großen Haus. Weißt du, was wir jetzt machen könnten?"

Die kleine Mercedes schüttelte ihren Kopf, ihre schwarzen Haare fielen ihr ins Gesicht.

„Ich werde dich und deine Tante bei mir aufnehmen, unter zwei Bedingungen: Du musst zur Schule gehen und deine Tante kann mir das Haus in Ordnung halten."

Und so geschah es. Ihre Tante Esmeralda war ein guter Griff, sie kümmerte sich hervorragend um den Haushalt und nahm mir später jede Arbeit im Haus ab. Die kleine Mercedes blühte zusehends auf, sie ging zur Schule, wurde von Tag zu Tag schöner und ich genoss ihre Anwesenheit. Trotz ihrer tragischen Kindheit war sie ein liebenswertes Mädchen geblieben, das Leben auf der Straße hatte sie nicht verrohen lassen.

Zwei Jahre später haben wir geheiratet. Ich habe meinen Anteil an der Schifffahrtslinie verkauft und bin mit ihr hierher nach Wyoming gezogen. Als die Ranch fertiggestellt war, haben wir ihre Patentante nachgeholt. Sie führt uns seitdem den Haushalt und hat unsere Kinder betreut."

„Kinder?", fragt Mickey, der von Mark Bakers Geschichte gefesselt ist.

„Ja, wir hatten mehrere Kinder. Der Älteste war mein Patrick, er hat vor ein paar Jahren im Bürgerkrieg sein Leben gelassen, dann folgte Marilyn und danach mein jüngster Sohn, Mitchell. Bei der Geburt des vierten Kindes sind meine Frau Mercedes und das Kind gestorben."

Der alte Mark Baker macht eine Pause, er sieht sinnend in die Ferne. Für einen Moment bekommt er kein Wort heraus.

„Das tut mir sehr leid", sagt Mickey leise.

Marilyn kommt vom Hof zur Veranda, sie bleibt stehen und spricht mit einem der Reiter. Als Mark Baker sie erblickt, spielt ein Lächeln über sein Gesicht und er sagt: „Immer wenn ich Marilyn ansehe, muss ich an meine verstorbene Frau denken. Sie ist ihr sehr ähnlich, fast noch schöner, möchte ich meinen. Die pechschwarzen Haare und das Temperament, das hat sie von ihrer Mutter."

Der Cowboy entfernt sich und Marilyn Baker kommt auf die Veranda. Sie blickt auf ihren Vater, auf Mickey Callaghan und auf den Rotwein, der auf dem Tisch steht. „Na, ihr zwei? Habt ihr es euch gemütlich gemacht?" Sie ergreift einen Stuhl und rückt auch an den Tisch.

„Ich erzählte Mickey gerade von deiner Mutter", erklärt Mark Baker.

„Ja, ich weiß", sagt Marilyn, „und wie ähnlich ich ihr bin", doch dann tätschelt sie die Hand ihres Vaters. „Ist schon gut, Daddy, ich weiß ja, wie häufig du an Mutter denken musst."

„Dein Anblick entschädigt mich etwas für den Verlust, den ich erlitten habe", sagt Mark Baker. „Nun entschuldigt mich für einen Moment, ich will mit Esmeralda das Essen für heute besprechen. Wegen unseres jungen Gastes soll es etwas Besonderes geben."

Er steht auf und lässt die beiden jungen Leute zurück. Marilyn sieht ihm hinterher und bemerkt nachdenklich: „Mein Vater hat zwei Kinder und seine geliebte Frau verloren, das ist nicht leicht für ihn. Es sind seitdem einige Jahre vergangen, ich glaube, dieser Schmerz heilt nie."

Eine Weile schweigen beide, Mickey liegen noch ein paar Fragen an Marilyn auf der Seele. Er überlegt sich einen Anfang und fragt: „Sie kennen doch Geoffrey Banks?" Er macht eine kurze Pause und blickt prüfend in ihr Gesicht. „Ich bin ziemlich sicher, dass er wieder hier im Tal ist."

Marilyn sitzt plötzlich ganz steif da. „Oh mein Gott", flüstert sie und sagt dann nichts mehr.

Mickey fährt fort: „Ich will ihnen helfen und ich glaube auch, dass ich das kann, Sie müssen mir nur vertrauen." Er zögert einen Moment. „Darf ich Marilyn zu Ihnen sagen?"

Sie lächelt ihn zaghaft an und legt ihre Hand auf seine, dann senkt sie ihren Kopf und spricht leise: „Ich glaube, dass ich Hilfe gebrauchen kann. Wenn Geoffrey Banks wieder im Tal ist, dann habe ich ein großes Problem. Er wird ganz sicher versuchen, mich wieder zu sich zu holen. Geoffrey Banks ist ein Scheusal, am liebsten sähe ich ihn tot."

„Das mit dem »tot« kann ich nicht versprechen. Ich denke jedoch, dass wir sicher eine Möglichkeit finden, ihn entweder hinter Gitter zu bringen, oder aus dem Tal zu vertreiben. Erzähl mir bitte, was passiert ist."

Marilyn schluckt. „Ich habe bisher noch niemandem davon erzählt, selbst meine beste Freundin Jennifer weiß nur wenig darüber." Sie sieht ihn an und legt ihre Hand auf seinen Arm. „Bei dir habe ich jedoch das Gefühl, als wenn meine Geschichte gut aufgehoben ist." Sie drückt zart seine Hand.

Sie sieht Mickey an und lächelt, ein Lächeln, das ihn fast um den Verstand bringt.

Sie wird ernst und beginnt zu erzählen. „Es ist über zwei Jahre her, ich lernte damals Geoffrey Banks kennen. Er war attraktiv und konnte sehr charmant sein, ich verliebte mich bis über beide Ohren in ihn. Nachdem wir uns ein paar Wochen kannten, hat er mich eines Abends an sich gezogen, er hat meinen Rock zerrissen und mich dann ..." Sie seufzt noch im Nachhinein. „Es war das erste Mal für mich, es war schlimm, ich habe geschrien vor Schmerzen, Geoffrey hat das nicht gestört. Ich habe ihn natürlich nicht wiedersehen wollen und bin ihm fortan aus dem Weg gegangen."

Sie macht eine Pause und nippt an Mickeys Rotwein. „Eines Tages ist es dann passiert, ich war mit meinem Pferd am östlichen Ende unserer Ranch und hatte den Cowboys vom Roundup-Trupp frischen Kaffee gebracht, der Rückweg führte mich an der Schutzhütte vorbei, die dort unten steht. Plötzlich sprang Geoffrey dahinter hervor und hat mich vom Pferd gezerrt, es ging so schnell, dass ich nicht rechtzeitig fortreiten konnte."

Mickey sieht sie gespannt an. Marilyn überlegt einen Moment, dann erzählt sie weiter. „Geoffrey zerrte mich in die Hütte, dort waren noch zwei Kumpane von ihm. Er warf mich auf den Boden, hielt mich fest und die beiden anderen rissen meine Bluse entzwei, hoben meinen Rock ... und dann ...", Marilyn macht eine Pause und fängt leise an zu weinen.

Mickey nimmt sie in den Arm. Er spürt ihren schlanken Körper an seiner Seite und fühlt ihr Schluchzen. Marilyn beruhigt sich wieder und berichtet stockend: „Alle drei Männer haben mich immer wieder benutzt, ich habe geschrien, niemand hat es gehört, doch plötzlich sprang die Tür auf und Mitchell kam herein. Er riss seinen Revolver heraus und schoss dem über mir Liegenden in den Kopf. Er war sofort tot, ich habe laut geschrien, als er schwer auf mir lag. Der Schuss hat das Roundup Team alarmiert und sie kamen Mitchell zu Hilfe. Gemeinsam haben sie die Männer gefangen genommen, man brachte sie in die Stadt und warf sie ins Gefängnis."

Mickey hakt nach: „Und was ist aus den zweien geworden? Gab es eine Gerichtsverhandlung?" Er hatte bei dem Zeitungsmann schon einen Teil erfahren, er wollte es zur Bestätigung aus Marilyns Mund hören.

Sie zögert und fährt dann fort. „Ich habe meine Anzeige zurückgezogen, ich hätte die Gerichtsverhandlung nicht durchgestanden. Ich stellte mir vor, dass ich alle Einzelheiten noch einmal erzählen müsste, jeder im Gerichtssaal wäre begierig darauf gewesen, noch mehr zu erfahren. Das hätte ich nicht durchgehalten, es war schon schlimm genug, dass mein Name in dem Zeitungsbericht genannt worden war."

Das war es also. Mickey ist immer noch entsetzt bei der Vorstellung, was diesem armen Mädchen zugestoßen ist.

„Ich hatte noch Glück im Unglück", sagt Marilyn leise, „wenigstens war ich danach nicht schwanger, ich glaube, ich hätte mir etwas angetan."

Marilyns Vater kommt aus dem Haus zu ihnen auf die Veranda. „So, das mit dem Essen für heute Abend ist geregelt. Was ich vorhin schon fragen wollte, was ist eigentlich in Madsen passiert?" Er setzt sich zu den beiden an den Tisch und fährt fort: „Mitchell hat es mir angedeutet, jetzt musst du uns von deinem Abenteuer in allen Einzelheiten berichten."

Und Mickey erzählt, gebannt hängen Marilyn und ihr Vater an seinen Lippen. Er erwähnt allerdings mit keinem Wort seine Vergangenheit als Revolverheld, das will er bei einer passenderen Gelegenheit beichten.

Der Vater sieht auf seine beiden Revolver und sagt: „Du siehst nicht wie jemand aus, der sich Sorgen machen muss, von vorne erschossen zu werden." Er lacht laut über seinen Witz. „Mein Junge, ich bin froh, dass es so harte Kämpfer wie dich gibt, in dieser Zeit brauchen wir Männer wie dich."

Mark Baker lässt sich Mickeys Bericht durch den Kopf gehen. „Ich habe schon lange die Vermutung, dass einige der Strolche in unserer Gegend von dem Rancher William Breckinridge gedungen worden sind. Ich kann es nicht beweisen, aber das würde genau zu dem Mann passen. Er hat schon lange ein Auge auf meine Nachbarn diesseits des Brazos River geworfen. Wegen meiner Lage hier in den Hügeln bin ich bisher von seinen Übergriffen verschont geblieben."

„Hätte es denn deiner Meinung nach Sinn, den Rinderbaron aufzusuchen, mit ihm zu reden oder eventuell unter Druck zu setzen?"

„Reden sollte immer eine Möglichkeit sein, ich habe bei Breckinridge jedoch meine Zweifel, ob ihn das beeindrucken wird, der Mann ist zu machthungrig. Seine Revolverschwinger sind zudem sehr hartgesottene Burschen ohne jeden Skrupel, denen haben wir nichts entgegenzusetzen. Du bist meiner Meinung nach der Erste, der ihnen Paroli bieten könnte."

Marilyn strahlt Mickey an, sie kuschelt sich an ihn und hält seine Hand. Mickey schluckt, als er ihren weichen Busen an seinem Arm spürt.

Der Vater geht ins Haus, um die Vorbereitung für das Abendessen zu verfolgen. Mickey sitzt jetzt mit Marilyn alleine auf der Veranda. Immer wieder sieht er zu dem hübschen Mädchen hinüber, bei ihrem Anblick vergisst er beinahe das Atmen.

Sie blickt ihn an und erinnert sich an eine Bemerkung von ihm vor ein paar Tagen. „Du hattest vor kurzem etwas unklar über deine Herkunft und über Heimat im Allgemeinen gesprochen. Davon würde ich gerne etwas mehr hören."

Mickey ist angenehm überrascht, dass sich jemand für seine Vergangenheit interessiert. Er räuspert sich und fängt langsam an, zu erzählen.

Sein Elternhaus hatte er mit vierzehn Jahren verlassen, er berichtet über die Zeit im Bürgerkrieg, die Arbeit auf der Werft in Pittsburgh und die Fahrten über den Mississippi. Er erwähnt auch seine große Liebe, Alice Granger, die mitsamt ihrer Familie einer Katastrophe zum Opfer gefallen ist. Auch jetzt, vier Jahre danach, sitzt das Unglück noch tief in seiner Seele.

Marilyn ist bestürzt über sein Schicksal. Sie greift nach seiner Hand und hält sie ganz fest. „Mein armer Mickey, du hast es wirklich nicht leicht gehabt."

Mickey nickt, ihm ist das Erzählen für einen Moment schwergefallen. Es folgt eine Zusammenfassung seiner Tätigkeiten als Marshall in Abilene, bei der Union Pacific, als Beschützer für den damaligen Gouverneur des Territoriums Wyoming und zuletzt als Deputy in Laramie.

Er lässt nichts aus, er erwähnt kurz seine Liebschaften mit diversen leichten Mädchen. Er hat sich immer davor gefürchtet, sich wieder mit Leib und Seele in ein Mädchen zu verlieben, um es dann vielleicht wieder verlieren zu müssen. An die Saloongirls hängt man sich nicht, die vergisst man so schnell, wie man sie kennenlernt.

Marilyn nickt. „Aha", sagt sie, „deshalb habe ich dich mit dem Mädchen im »Red Bull« gesehen."

„Ja, ich fürchte mich davor, mich wieder in ein Mädchen zu verlieben."

„Wärst du auch dann zu dem Mädchen gegangen, wenn du gewusst hättest, dass ich vor dem Saloon stand?"

Jetzt kommt Mickeys Schalk wieder zum Vorschein. Er grinst und sagt: „Dann wäre ich nur noch länger bei dem Mädchen geblieben."

Marilyns dunkle Augen funkeln ihn an und sie schlägt ihm mit ihrer kleinen Faust auf den Arm. „Du musst das nicht sagen! Versprich mir, dass du dich nie wieder mit einem Saloongirl einlassen wirst!"

Wie kann er ihr irgendeinen Wunsch abschlagen? Wie kann er es zulassen, dass ihrem zarten, verletzlichen Wesen ein

Leid widerfährt? Warum interessiert sie sich dafür, mit welcher Sorte Frauen er sich umgibt? Empfindet sie etwa Zuneigung für ihn? Er hebt seine Hand zum Schwur: „Versprochen, großes Ehrenwort!"

Marilyn erfährt jetzt auch von seiner Gunfighter-Vergangenheit, die Zeiten, in denen er sich als »Fast Cally« einen etwas fragwürdigen Namen erworben hat. Er lässt nichts aus, er fühlt, dass er diesem Mädchen nichts verheimlichen darf.

Marilyn mustert ihn und sagt: „So, so! Du bist also »Fast Cally«, ich werde es für mich behalten, versprochen, großes Ehrenwort!" Sie lacht ihn schelmisch an, Mickey wird ganz warm ums Herz.

Am Nachmittag wird draußen ein Drehspieß aufgestellt. Mark Baker hat zur Feier des Tages ein Kalb schlachten lassen, das wird nun über dem Feuer zubereitet.

Mark Baker hat vier Helfer, die für ihn reiten, sie sind inzwischen angekommen, und Mickey kommt mit ihnen ins Gespräch. Die Männer erzählen, dass Mark Baker ein angenehmer Boss ist, für den sie gerne reiten. Jeder von ihnen ist schon drei Jahre oder länger auf der Double-M-Ranch.

Das Fleisch ist inzwischen gar, alle setzen sich an einen langen Tisch, die Familie Baker mit Esmeralda, die Weidereiter und Mickey Callaghan. Zu dem Fleisch gibt es mexikanischen Bohneneintopf, die spanischen Gerichte sind ein Vermächtnis ihrer Mutter, wie Mickey hört. Die Rezepte, die sie und Esmeralda mitgebracht haben, werden hier gerne zubereitet.

Es geht lustig zu, die Männer und ihr Rancher verstehen sich offensichtlich sehr gut. Mickey muss wieder einmal in allen Einzelheiten erzählen, wie er die Minenstadt Madsen hat anzünden lassen, und wie er den Verbrecher Dusty MacKenzie erledigt hat. Die Männer lachen und strahlen vor Freude.

„Das wurde auch Zeit, dass mal jemand kommt und diesen Gaunern das Handwerk legt!"

Doch Mickey ist nicht zufrieden. „Dusty MacKenzie mag der Unangenehmste der Verbrecher gewesen sein, Geoffrey Banks dagegen, scheint mir der erheblich Gefährlichere zu sein." Er greift nach der Hand von Marilyn und drückt sie sanft.

Während sie essen, beginnt es zu regnen, erst langsam, dann heftiger. Wer noch nicht fertig mit dem Essen ist, stellt sich rasch in der Scheune unter und setzt sich auf eine mitgeschleppte Bank.

Es wird spät und Mickey muss sich wohl oder übel von der netten Gemeinschaft trennen. Er verabschiedet sich von dem alten Mark Baker und von Marilyn mit einem Handschlag. Sie stellt sich auf die Zehenspitzen und gibt ihm einen Kuss auf die Wange. Er legt seine Arme um sie und drückt sie zart an sich, er spürt ihre süße Wärme, und will sich nie wieder von ihr lösen. Nach viel zu kurzer Zeit trennen sie sich schweren Herzens und er steigt auf sein Pferd. Es regnet noch, so holt er seinen gewachsten Umhang aus der Satteltasche und zieht ihn über. Fast trocken erreicht er die Double Box kurz vor Mitternacht. Es ist still auf der Ranch, er versorgt sein Pferd, geht zum Schlafhaus der Cowboys und legt sich in sein Bett. Mickey liegt noch eine Weile wach und denkt an den heutigen Abend bei den Bakers. Die schöne Marilyn wirbelt immer wieder durch seinen Kopf, spät fällt er in einen unruhigen Schlaf.

Die gefälschten Brandzeichen

Ein neuer Morgen beginnt auf der Double Box. In der Nacht hat es noch lange geregnet, nun hat es endlich aufgehört. Wasser tropft von den Dächern, große Pfützen befinden sich auf dem Hof und um die Gebäude herum.

Tippy Overbeck betritt das Schlafhaus der Cowboys, seine Tochter und der Gehilfe aus dem Haus sind bei ihm.

„Männer", sagt der alte Rancher, „wir müssen etwas bereden. Unser armer Simon ist nun tot, morgen wird die Beerdigung sein, sie findet auf dem Friedhof von Gillette statt, ich stelle es jedem frei, zu kommen. Ich würde mich jedoch freuen, wenn ihr alle erscheinen würdet. Das ist das eine, ein anderer Punkt ist, dass wir wieder einen Vormann brauchen. Ich habe schon eine Idee, wer das machen könnte, ich bitte euch zuerst um Vorschläge."

Allgemeines Stimmengewirr entsteht. Mickey meldet sich und schlägt Jimmy Buskop vor.

„Das habe ich mir schon gedacht, dass du Jimmy vorschlagen würdest", sagt Tippy Overbeck und sieht mit einem Lächeln zu Jimmy.

Der schüttelt den Kopf und lehnt ab: „Vormann ist nicht mein Ding. Ich mache alles mit, wie ihr wisst, Organisation und Planung liegen mir jedoch nicht." Er schüttelt wieder den Kopf.

Tippy Overbeck nickt zur Bestätigung. „Das ist keine Überraschung, dass du den Job nicht willst, ich kenne dich auch schon eine Weile, mein lieber Jimmy." Er zögert einen Moment und hebt seine Stimme: „Ich würde gerne Mickey Callaghan als neuen Vormann einsetzen, wie denkt ihr darüber?"

Für einen Moment ist es mucksmäuschenstill, dann klatscht Jimmy Buskop in die Hände und ruft: „Prima! Mickey soll unser neuer Vormann sein!"

Die anderen Cowboys schließen sich an und beginnen zu jubeln. Tippy Overbeck nickt dazu und fragt dann den verblüfften Mickey: „Was sagst du dazu, gefällt dir unser Vorschlag?"

Mickey ist sichtlich verlegen und antwortet: „Ich weiß nicht, ob ich der Aufgabe gewachsen bin, ich bin doch das jüngste Mitglied in eurer Truppe und noch nicht lange dabei."

„Komm schon, Mickey!", rufen die anderen Reiter. „Das kriegst du schon hin!".

Mickey hebt die Schultern. „Gut, ich werde es versuchen und verspreche euch, mein Bestes zu geben."

Wieder gibt es viel Gejohle und Beifall der Cowboys. Tippy Overbeck grinst Mickey an: „Siehst du, genau so habe ich mir das gedacht, du kriegst das schon hin, da bin ich ganz sicher, ich stehe natürlich mit Rat und Tat an deiner Seite."

Mickey nickt, sichtlich erfreut und lächelt. „Vielen Dank für euer Vertrauen, Jungs." Dann wird er ernst und wendet sich an die Runde: „Wir werden natürlich alle Simon auf seinem letzten Weg begleiten, morgen früh reiten wir alle zum Friedhof."

Der Friedhof befindet sich am westlichen Ende des Ortes Gillette. Er ist klein und wird beschaulich von hohen Pinien eingerahmt. Eine kleine hölzerne Kirche gehört dazu, sie hat Platz für etwa zwanzig Besucher. Als Mickey und die Reiter der Double Box eintreffen, ist der Sarg aus einfachen Fichtenbrettern mit dem toten Vormann bereits neben der ausgehobenen Grube aufgebahrt worden. Der Pastor ist in Personalunion auch der Inhaber des Gunshops. Er hat sich für die Beisetzung einen Talar übergezogen und trägt einen schwarzen Hut mit breiter Krempe. Er steht jetzt mit der Familie von Tippy Overbeck neben dem Grab und spricht leise zu ihnen.

Die Trauergäste versammeln sich daneben. Der Sarg wird an Seilen heruntergelassen, dann beginnt der Gottesmann mit der Predigt. Er macht es gut, das hätte Mickey dem vierschrötigen Kerl vom Gunshop nicht zugetraut. Alle Gäste und die Cowboys werfen jeder etwas von der ausgehobenen Erde in das Grab. Das Ehepaar Overbeck hat ein paar Blumen dabei, die sie hineinlegen. Helen und Maureen Overbeck weinen leise, auch Tippy hat ein paar Tränen in den Augen und sogar Mickey und seinen harten Männern geht die Zeremonie sehr nahe.

Unter den Reitern der Double Box Ranch herrscht große Aufregung. Johnny und Ken haben am Vormittag einen Kontrollritt über das Gelände der Ranch am Brazos River durchgeführt. Sie beraten sich mit den anderen Cowboys. „Das kann doch nicht sein, dass schon wieder so viele Rinder verschwunden sind, lass uns mal Mickey fragen, und hören, was er dazu sagt."

Der lauscht der Geschichte, überlegt einen Moment und schlägt dann vor: „Das könnt ihr zwei nicht alleine herausfinden, da muss einmal die ganze Crew hin und alle Spuren verfolgen, der Fluss muss abgesucht werden sowie die Grenzen zu den Nachbarn."

Am Nachmittag sind alle Cowboys auf ihren Pferden unterwegs. Mickey und Pat sind wieder am Brazos River, dort, wo Pat's Hut das Loch verpasst wurde. Langsam reiten die beiden am Brazos River entlang und mustern sorgfältig die Spuren am Ufer. Dann hört Mickey Pat rufen, der etwa vierzig Schritt entfernt ist: „Mickey, komm mal her, hier stimmt etwas nicht!"

Er reitet hinüber und sieht viele Hufabdrücke, die in den Fluss hineinführen, auch Abdrücke von Pferdehufen begleiten die Spur. „Das gibt es doch nicht!", entfährt es Mickey. „Es sieht so aus, als wenn hier unsere Rinder über den Fluss getrieben worden sind." Es gibt keinen Zweifel, er sucht mit Pat immer wieder die Umgebung ab, die Spuren lassen keinen anderen Schluss zu.

„Das müssen wir sofort dem Boss erzählen!" Im flotten Galopp reiten sie zur Ranch zurück.

Tippy Overbeck hört sich die Geschichte der beiden an und grübelt eine Weile darüber nach. „Wir müssen zu Breckinridge hinüber und ihn zur Rede stellen!"

Mickey gibt zu bedenken, dass sie dann nur wie ein paar dumme Jungs wieder fortgeschickt werden könnten, er schlägt deshalb eine andere Vorgehensweise vor: „Einige von uns sollten über den Fluss setzen und dort die Spuren weiter verfolgen. Wenn wir dort drüben unsere Rinder wiederfinden, informieren wir den Sheriff."

„Okay, das ist besser", dem Rancher gefällt der Vorschlag. „Reite du mit Pat über den Brazos und seht zu, ob ihr etwas herausfindet."

Und wieder sind Mickey und Pat zum Brazos River unterwegs. Mickey hat sich seine Winchester in den Gewehrschuh am Sattel gesteckt, die beiden Revolver hat er jetzt ohnehin immer dabei. Der Fluss ist an der Stelle, an der die Spuren ins Wasser führen, breit, aber nicht besonders tief. Ihre Pferde müssen nur einen kurzen Weg schwimmen, dann erreichen sie wieder Boden auf der anderen Seite.

Und richtig! Hier setzen sich die Spuren fort. Mickey und Pat mustern sorgfältig die Umgebung. Die Ranch von William

Breckinridge ist riesengroß, trotzdem besteht immer die Gefahr, auf seine Leute zu treffen. Sie folgen beide den Spuren, sie führen zu einer größeren Rinderherde.

"Lass uns die Brandzeichen untersuchen", sagt Mickey, "wir sollten unsere Tiere hier wiederfinden."

Er und Pat reiten durch die Gruppe von ungefähr zweihundert Rindern hindurch und sehen sich die Brandzeichen an. Überall ist das Strich-B Zeichen eingebrannt, mit B wie Breckinridge, der Strich soll den Brazos River symbolisieren, an dem die Ranch liegt. Mickeys scharfem Auge fällt etwas auf, er steigt ab und geht auf eines der Longhorn Rinder zu. Das Brandzeichen sieht seltsam aus, er ruft seinen Kollegen. „Pat, komm doch mal her, hier ist etwas sehr Merkwürdiges, kannst du das sehen? Es sieht aus, als wenn man an die Längsseite des Double-Box Zeichens einen Strich dazu gebrannt hat, nun ist es kaum noch von dem echten Strich-B Zeichen zu unterscheiden. Ein bisschen Schmutz darauf, und fertig ist das Strich-B Rind."

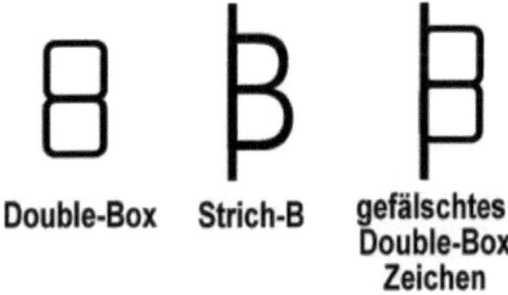

Double-Box   **Strich-B**   **gefälschtes Double-Box Zeichen**

„Tatsächlich! Das ist ja dreist!" Pat starrt mit offenem Mund auf die Brandzeichen.

„Lass uns sehen, ob wir das Brandeisen für den Strich finden können, das wäre ein perfekter Beweis."

Die beiden Männer sehen sich um, in der Nähe ist ein Unterstand zu sehen, zu dem sie reiten. Hier liegt diverses Zubehör für den Weidebetrieb: Hammer und Zange, eine Rolle Stacheldraht, mehrere Brenneisen. Die Brenneisen sind alle für das Strich-B Zeichen. Doch dann findet Pat hinter einer Kiste das Eisen zum Fälschen der Brandzeichen, es besteht lediglich aus einem kurzen Stab mit Handgriff.

„Na bitte!", sagt Mickey, „damit haben wir, was wir brauchen, das nehmen wir mit. Und jetzt schnell verschwinden, bevor wir den Jungs von der Strich-B begegnen."

Eine halbe Stunde später sind sie bei Tippy Overbeck. Stolz präsentiert ihm Pat das Brenneisen, das sie gefunden haben. „Siehst du, so haben die das gemacht!"

Tippy hält das Eisen in der Hand und dreht es hin und her. „So einfach ist das also. Die Frage ist, was wir jetzt damit anfangen."

„Ich benachrichtige den Marshall in Gillette, der soll den Sheriff in Fleetwood informieren, und dann reiten wir mit ein paar Männern zur Breckinridge Ranch."

Tippy sieht ihn skeptisch an. „Meinst du, dass die euch da hineinlassen?

„Wir kommen nicht in kriegerischer Absicht, wir wollen nur mit dem alten Rancher sprechen."

„Na gut, nimm dir ein paar Leute mit, ich wünsche euch viel Erfolg!"

Mickey reitet mit vier seiner Kollegen zuerst nach Gillette zum Büro des Marshalls. Marshall Taylor ist nicht wenig erstaunt, als ihm Mickey die Geschichte mit den gefälschten Brandzeichen erzählt.

„Das ist raffiniert gemacht, sehr einfach und kaum zu erkennen. Ich werde gleich ein Telegramm an den Sheriff in Fleetwood senden, denn er ist für das Tal verantwortlich."

Fünf Cowboys reiten zu der Furt über den Brazos River. Mickey schärft seinen Männern ein, nichts zu unternehmen. „Wenn jemand schießt, dann bin ich es, ich hoffe nicht, dass es nötig sein wird."

Ungehindert erreichen sie das Haupthaus der Ranch, große Bäume stehen um das Gebäude herum. Mehrere Reiter stehen auf dem Hof umher und sehen der Reitergruppe misstrauisch entgegen. Einer von ihnen kommt auf die Männer der Double-Box zu. „Was wollt ihr hier?"

„Na, na, nicht so unfreundlich. Wir wollen zu deinem Boss, William Breckinridge."

Der Angesprochene bleibt misstrauisch, er blickt zum Haus und fragt: „Was wollt ihr denn von ihm?"

„Es ist nur ein Erfahrungsaustausch zwischen Rinderbesitzern", antwortet Mickey und grinst ihn herausfordernd an.

„Ihr wartet hier, bis ich wieder zurück bin", ruft er den Männern zu und verschwindet im Haus.

Mickey und seine Kollegen sitzen ab und sehen sich auf dem Hof um. Die Gebäude sind groß und spiegeln den Reichtum des Besitzers wider. Einige Männer sitzen und andere stehen an verschiedenen Stellen des Hofes und sehen feindselig zu der Gruppe der fünf Cowboys hinüber.

Der Gehilfe kommt aus dem Haus. „Ihr dürft hereinkommen!"

Einer von Mickeys Leuten flüstert: „Welche Ehre." Ein anderer kichert unterdrückt.

Kenneth muss draußen bei den Pferden bleiben, die übrigen Vier gehen ins Haus. Es herrscht Dämmerlicht im Flur, durch ein kleines Fenster scheint etwas Licht herein. Die Vier folgen dem Mann in den großen Wohnraum. Hinter einem gewaltigen Schreibtisch, der den Wohlstand des Ranchers unterstreicht, sitzt William Breckinridge. Er mustert seine Besucher zuerst misstrauisch, entschließt sich dann zu etwas Freundlichkeit. „Setzen Sie sich doch, meine Herren! Darf ich Ihnen etwas anbieten?"

„Danke, nein, wir bleiben nicht lange." Mickey macht den Wortführer für die Gruppe, die in der Mitte des Raumes stehengeblieben ist. „Wir würden gerne sofort zum Grund unseres Besuches kommen."

„Okay, das ist mir auch recht."

„Wir haben Anzeichen dafür gefunden, dass Sie Rinder von der Double-Box stehlen und sie dann mit einem speziellen Brandeisen als Strich-B Rinder umbrennen."

Der dicke Rancher sieht Mickey unbewegt an, dann blickt er zu seinem Knecht und nickt kurz, der Mann dreht sich um und verlässt das Wohnzimmer.

„Das ist eine ungeheure Beschuldigung. Ich glaube Ihnen die Geschichte nicht, auf jeden Fall ist es mir nicht bekannt."

Mickey weiß, dass ihm der Rancher frech ins Gesicht lügt. „Okay, wie Sie wollen. Wir haben die gefälschten Brandzeichen gesehen und wir haben das Brenneisen, das dazu verwendet worden ist, sichergestellt. Der Sheriff ist bereits informiert."

Jetzt ist der Rancher nicht mehr so gelassen. Er rutscht unruhig auf seinem Stuhl hin und her. „Lassen Sie uns in aller Ruhe darüber reden, wahrscheinlich liegt hier ein Irrtum vor."

Ein großer Mann mit schwarzen Haaren und schwarzem Bart kommt zur Tür herein. Das muss Geoffrey Banks sein, schießt es Mickey durch den Kopf. Er mustert ihn genau. Seine scharfen Sinne signalisieren ihm sofort, dass der Mann gefährlich ist. Der Verbrecher gibt sich harmlos, seine Augen mustern jedoch schnell und konzentriert die Besucher.

„Howdy!", ruft er scheinbar freundlich den vier Männern zu, etwas leiser wird ihm mit »Howdy« geantwortet.

„Unsere Gäste werfen uns vor, dass wir Rinder stehlen und das Brandzeichen fälschen", erklärt der Rancher seinem Revolvermann. „Was sagen Sie dazu?"

Geoffrey Banks schüttelt energisch den Kopf. „Nein, ausgeschlossen, das müsste ich wissen."

Er stellt sich vor die vier Gäste und mustert sie herablassend, eine Hand liegt auf dem Kolben seines Revolvers. Er versucht offensichtlich, die Besucher durch diese Drohgebärde einzuschüchtern.

Keiner hat mitbekommen, wie es passiert ist. Plötzlich hält Mickey seinen Revolver in der Hand und richtet ihn auf Geoffrey Banks. Der starrt wie hypnotisiert auf die Waffe dicht vor seinem Gesicht, er ist sichtlich verblüfft. Ein Murmeln geht durch die Männer im Raum. William Breckinridge verzieht sein Gesicht und sagt verächtlich zu seinem Revolverschwinger: „Haben Sie nicht immer behauptet, Sie wären der schnellste Schütze hier im Tal?", dann lacht er kurz auf.

Geoffrey Banks hat die Augenbrauen zusammengekniffen und zischt aus dem Mundwinkel heraus: „Halt die Klappe!"

„Johnny, kannst du dem Gentleman hier bitte den Revolver abnehmen?", sagt Mickey mit Hohn in der Stimme.

„Klar doch, wird sofort gemacht!" Johnny nimmt dem immer noch verblüfften Geoffrey Banks den Revolver ab und steckt ihn sich in den Hosenbund.

„So, mein lieber Geoffrey! Wir werden Sie jetzt zu Ihrem Pferd führen, dann kommen Sie bis zur Furt mit uns, damit mir und meinen Leuten nichts passiert, solange wir auf dieser Ranch sind." An William Breckinridge gewandt fügt er hinzu: „Sie hören vom Sheriff! Lassen Sie sich schon mal eine gute Ausrede einfallen!"

Geoffrey Banks steigt unter der Aufsicht von Mickeys Leuten auf seine braune Stute, deren rechtes Vorderbein unterhalb des Knies weiß ist.

Der Trupp Männer reitet bis zur Furt, dort lassen sie Geoffrey Banks zurück, seine Waffe behalten sie jedoch bei sich.

Geoffrey Banks reitet langsam wieder zur Ranch zurück. Mit einem finsteren Gesicht sitzt er auf seinem Pferd und murmelt vor sich hin: „Dieser Callaghan ist fällig, und diesem überheblichen Rancher zahle ich es auch heim!"

Eine Woche später kommt ein Mann mit einer Nachricht für Tippy Overbeck auf die Ranch geritten. Der Bote reitet wieder fort, Tippy kommt aus dem Haus und ruft seine Männer zusammen. „Leute! Ich habe eben die Nachricht erhalten, dass wir 67 Rinder von William Breckinridge zurückbekommen. Seinen Männern ist angeblich beim Roundup ein Fehler passiert!"

Die Männer lachen aus vollem Halse. „Ein Fehler! Wenn das ein Fehler war, wollen wir Goofy heißen!

Tippy Overbeck wendet sich an Mickey. „Das war gute Arbeit, so schnell wird man uns keine Rinder mehr stehlen. Kümmre dich bitte darum, dass die Tiere vollzählig übergeben werden, wer weiß, wie viele es wirklich waren."

Mickey nickt, „keine Sorge, wir werden die Rinder auf der anderen Seite des Brazos Rivers Tier für Tier überprüfen."

Gäste bei der Zeitung

Der Rancher Breckinridge ist jeden Tag früh auf den Beinen. Seine große Ranch ist sein Ein und Alles, er muss ständig seine Leute kontrollieren. Einundzwanzig Männer reiten für ihn, zwei Vormänner eingeschlossen. Der ältere der beiden, Jeremy Irons, ist bereits acht Jahre bei ihm.

Sein Betrieb ist riesengroß, es sind 64000 Acres (260 Quadratkilometer), man benötigt zwei Tage, um einmal herumzureiten. So beschränkt er sich auf Stichproben, einmal im Monat reitet er mit seinen Vormännern während etwa drei Tagen über die gesamte Ranch. Das ist auf der einen Seite lästig, auf der anderen Seite erfüllt es ihn mit Genugtuung, und dient als notwendige Kontrolle über seinen Besitz.

Es ist Mittag, high noon, er war gerade mehrere Stunden unterwegs gewesen. Sein Koch hat wie jeden Tag für seine Männer Essen zubereitet. Es gibt für sie, wie so oft, Bohnensuppe mit Speck. Er isst im Haus, und hat, wie seine Männer, einen Teller Bohnensuppe vor sich stehen. Etwas widerwillig löffelt er das leidlich schmackhafte Essen. Er kann nicht jeden Tag Steak essen, das würde immer wieder mal ein Rind kosten, dafür ist er zu geizig.

Jeremy Irons fährt mit dem Wagen auf den Hof, er ist vom Einkauf in Gillette zurück. Vor der Küche bringt er den Wagen zum Stehen und trägt mehrere Kisten ins Haus. William Breckinridge sieht beiläufig aus dem Fenster und verfolgt gelangweilt die Schritte seines Vormannes.

Es klopft an die Tür, Jeremy Irons tritt ein. „Hallo Boss, ich habe Ihnen eine Zeitung mitgebracht, es ist die Ausgabe von gestern."

Mit zusammen gekniffenen Augenbrauen blickt der Rancher auf das doppelseitig bedruckte Blatt. Es ärgert ihn sehr, dass er keinen Einfluss auf die Zeitung hat. Dieser Clarkdale schreibt so, wie er es meint, und nimmt kein Blatt vor den Mund. Breckinridge hat schon oft erwogen, eine eigene Zeitung herauszubringen, er hat den Gedanken jedoch wieder fallen lassen. Der Gillette Mirror wird ohnehin nur in kleiner Auflage gedruckt, außerdem weiß der Redakteur und Inhaber genau, was er tut. Dessen Schreibstil ist munter, präzise, manchmal auch bissig. Widerwillig muss er erkennen, dass er die Zeitung akzeptieren muss. Er schiebt seinen Teller beiseite und beginnt zu lesen.

Bald fällt sein Blick auf einen Artikel, der fett hervorgehoben ist.

Großrancher stiehlt Rinder.

Er fühlt Zorn hochsteigen, immer wieder liest er den Artikel, der lediglich aus etwa zwanzig Sätzen besteht. Offensichtlich ist der Redakteur John Clarkdale genau informiert worden, jedes Detail stimmt, zähneknirschend schleudert er die Zeitung fort. „Jeremy!", ruft er laut zur Küche hinüber.

„Ja, Boss?" Jeremy kennt seinen Chef lange genug, er weiß, dass man ihn in dieser Stimmung besser nicht warten lässt.

„Lass nach dem Banks schicken, er soll umgehend zu mir kommen!"

„Okay, okay, Boss. Ich werde Walt schicken, der kennt den Weg."

„Mir egal, wer das macht. Hauptsache, es geht schnell."

Am Abend des nächsten Tages kommt ein Mann mit einem braunen Pferd auf die Strich-B Ranch. Das rechte Vorderbein unterhalb des Knies ist weiß, so, als trüge das Pferd einen hellen Strumpf.

„Sie wollten mich sprechen, Boss?" Der große Mann mit dem schwarzen Bart flegelt sich vor William Breckinridge auf einen Stuhl.

Der Rancher erkennt einmal mehr, dass er diesem Verbrecher nicht wirklich gewachsen ist. Wenn eines Tages das Geld, das er dem Halunken gibt, nicht mehr reicht, hat er nichts, was er als Druckmittel verwenden könnte. Er nimmt die Zeitung vom Tisch und wirft sie dem Mann hin. „Können Sie lesen? Falls nicht, lese ich es Ihnen gerne vor!"

Geoffrey Banks bedenkt den Rancher mit einem verächtlichen Blick und überfliegt den Artikel. William Breckinridge knurrt: „Das war doch Ihre Idee mit den Rindern. Totsicher, haben Sie gesagt! Und jetzt liest es jeder in der Zeitung!"

Mit finsterem Blick sieht der Gauner auf, er hat die Schmach nicht vergessen, die ihm dieser Callaghan angetan hat. Zornbebend presst er eine Antwort hervor. „Es war eine gute Idee, ich habe nur diesen Callaghan unterschätzt, das passiert mir garantiert kein zweites Mal, darauf können Sie wetten."

„Hm, was machen wir jetzt? Das Ziel ist doch gewesen, die Rancher auf der anderen Seite des Flusses einzuschüchtern und zu schwächen. Auf die paar Rinder von denen kann ich verzichten."

Der Rancher greift sich wieder die Zeitung, er hebt das Blatt und dreht es in den Händen. „Vielleicht sollte man diesem Zeitungsfritzen Respekt einflößen, damit er sich in Zukunft überlegt, was er schreibt." Der Gedanke gefällt ihm, weitere Ideen entstehen in seinem Kopf. Vielleicht würde dieser Clarkdale sogar den Ort verlassen, dann könnte er am Ende doch noch selbst eine Zeitung herausgeben. Dafür ist dieser Banks doch genau der Richtige.

„Hören Sie zu, Mr. Banks, ich habe Arbeit für Sie ..."

Geoffrey Banks reitet fort. Der reiche Kerl ist auf ihn angewiesen, er kommt ohne ihn nicht zurecht, das ist auch gut so. Diesen überheblichen Blick wird er ihm eines Tages auch noch austreiben. ‚Können Sie lesen?' Was bildet sich der Kerl eigentlich ein? Der Tag wird kommen, es wird nicht mehr lange dauern, dann rechnet er mit ihm ab, der Mann ist überfällig. Er muss sich nur noch einen guten Plan einfallen lassen.

Zuerst muss er diese Sache mit der Zeitung erledigen. Er wird es Hanky Bishop machen lassen, einen seiner Kumpel. Denn er will sich seinen leidlich guten Ruf in der Stadt nicht ruinieren.

Mickey ist wieder im Ort. Natürlich trifft er sich mit Peter O'Connell, dem Schmied, ihre alte Freundschaft ist wieder erwacht und inniger als je zuvor. Sie sitzen vor der Schmiede auf einer grob gezimmerten Bank, rauchen ihre Selbstgedrehten und unterhalten sich. Es ist kurz nach Mittag, die Straße ist leer, die Sonne brennt vom Himmel und trocknet die Straße vom Regen der letzten Tage. Im Schatten erkennt man noch dunkle Flecken, sie werden bald verschwinden, sobald die Sonne den Boden wärmt.

„Wie gefällt dir die Arbeit bei Tippy Overbeck?" Peter sieht nachdenklich in den Staub vor seinen Stiefeln.

„Ich bin zufrieden, die anderen Reiter sind nett, der Boss lässt uns viel Freiheit. Nur der Vormann ist ein hartherziger Antreiber!" Beide Männer lachen, auch Peter weiß inzwischen, dass Mickey seit kurzem der neue Vormann auf der Double Box ist.

Zwei Männer reiten auf der nahen Hauptstraße vorbei. Es sind die einzigen Menschen auf der Straße, deshalb sehen ihnen die beiden Freunde hinterher, bis sie aus ihrem Sichtfeld verschwunden sind.

„Hast du die schon mal gesehen?" Mickey wendet sich an den Schmied.

„Hm, der Eine der beiden war mal mit seinem Pferd bei mir, sie sind beide nicht aus dem Ort."

Von der Bank vor der Schmiede kann man entlang der Nebenstraße bis zur Kreuzung mit der Mainstreet sehen. Außer der Schmiede befinden sich in der kleinen Straße das Boarding

House mit der Pferdewechselstation und das schmale Haus der Zeitung, der Gillette Mirror.

Die beiden Fremden kommen auf ihren Pferden um die Ecke zurück, ihnen entgegen. Mickeys Alarmsystem meldet sich sofort: Irgendetwas stimmt hier nicht. Warum kommen die beiden Reiter in diese Sackgasse hinein? Vielleicht wollen sie zur Schmiede? Nein, Sie blicken nicht in diese Richtung, das würden sie tun, wenn sie ihr Ziel wäre. Ihr Augenmerk gilt dem Büro des Gillette Mirror. Das kleine Büro verbirgt sich hinter einer weiß gestrichenen Fassade, die halb heruntergelassene Gardine erweckt einen verschlafenen Eindruck. Die Fremden springen beide vom Pferd, einer betritt das Büro, der andere bleibt bei den Pferden zurück. Mickey sitzt kerzengerade auf der Bank, sein Freund murmelt: „Vielleicht haben sie nur eine Frage an John, oder was meinst du?"

Mickey hat einen siebten Sinn für Gefahr, das ist das Erbgut seines verhassten Vaters. Er erhebt sich und geht mit langsamen Schritten auf das Büro zu. Ein Schrei erschallt aus dem Inneren, jetzt sieht der Mann bei den Pferden Mickey auf sich zu kommen. Er zuckt mit der Hand zu seinem Colt. Mickey hat damit gerechnet; noch bevor der Mann seine Finger um den Griff schließen kann, blickt er in die Mündung eines .44er.

„Lass dein Eisen stecken!", zischt ihm Mickey zu und tritt an die offene Tür. Er zieht seinen zweiten Revolver und zielt damit in den Raum, der erste bleibt auf den Mann bei den Pferden gerichtet. „Was ist da los?"

Die Antwort kommt ihm in Form von Blei entgegen, er spürt den Luftzug der Kugel an seinem Ohr. Er lässt sich blitzartig fallen, keine Sekunde zu früh, ein zweiter Schuss schlägt in das Holz der Tür, Splitter rieseln auf ihn herab.

Im Dämmerlicht des Büros sieht er John Clarkdale am Boden liegen, hinter der Druckerpresse duckt sich der Fremde.

Der hat dort leider eine gute Deckung, seine eigene ist praktisch nicht vorhanden; außerdem darf er den zweiten Mann bei den Pferden nicht aus den Augen lassen.

Ein tiefer Bass ertönt von der Straße her. „Freundchen, du lässt jetzt deinen Revolver fallen!" Ein rascher Blick bestätigt ihm, was er vermutet hat. Die tiefe Stimme gehört dem Schmied, der dem Pferdewächter jetzt eine Flinte in den Rücken drückt.

Mickey nutzt diesen Moment, er feuert mehrere Schüsse in das Büro und springt mit langen Sätzen hinein. Der Mann hinter der Druckerpresse reagiert nicht schnell genug, der letzte Schuss von Mickey trifft seinen Arm mit dem Revolver, die Waffe fällt polternd zu Boden. Er hält sich den Arm und steht mit schmerzverzerrtem Gesicht auf.

Die Schießerei ist nicht unbemerkt geblieben, mehrere Anwohner sind in der Zwischenzeit mit ihren Waffen erschienen, als Letzter kommt der Marshall angelaufen.

„Hast du geschlafen, Richie?", ruft ihm jemand zu. Die Anwesenden lachen vergnügt, der Gesetzeshüter Richard Taylor verzieht sein Gesicht. „Ich kann nicht überall sein, ich hatte eine Schlägerei im Red Bull zu schlichten."

Die beiden Fremden werden von ihm abgeführt, auch der Angeschossene aus der Druckerei wird vorsorglich mitgenommen und eingesperrt, der Doktor wird ihn später in der Zelle verarzten.

Mickeys nächster Gedanke gilt dem Redakteur, er eilt zurück in das Büro und hockt sich neben den am Boden liegenden Mann. Er ist am Leben und richtet sich mit Mickeys Hilfe auf.

„Was ist dir passiert, John?"

John Clarkdale stöhnt leise. „Ich bin zusammengeschlagen worden, ein Schlag traf das Auge, mehrere Tritte meinen Leib."

Mickey hilft ihm, sich auf seinen Stuhl zu setzen. „Die Wunde über deinem Auge muss versorgt werden."

„Danke, es geht schon wieder, der Doc wird wohl gleich kommen."

Mickey hat noch verschiedene Fragen. „Weißt du, was der Grund für den Angriff war?"

Der Redakteur schüttelt vorsichtig den Kopf, dann ringt er sich ein Lächeln ab. „Vielleicht hat jemandem mein Schreibstil nicht gefallen?"

Mickey knurrt. „Das wohl weniger, es könnte einem ein ganzer Bericht nicht gefallen haben, was meinst du?"

„In der letzten Zeitung habe ich Breckinridge angegriffen, vielleicht hat er die Kerle angeheuert."

„Das ist gut möglich, was ist mit den Männern, kanntest du sie?"

Der Zeitungsmann schüttelt vorsichtig den Kopf. „Sorry, ich habe sie noch nie gesehen."

„Hm, weißt du was? Ich werde zum Marshall gehen und mir die beiden einmal vorknöpfen, vielleicht möchten mir die Jungs etwas erzählen."

Mickey tritt in das gleißende Sonnenlicht auf die Straße, sein Freund Peter O'Connell steht noch dort, mit der Flinte in der Hand, und diskutiert mit den Bewohnern. Mickeys Blick fällt auf die massige Figur des Schmiedes, eine Idee nimmt Gestalt an.

„Sag, Peter, könntest du mir helfen, die beiden Verbrecher zum Reden zu bringen? Vielleicht genügt es, wenn du sie lediglich böse anguckst."

Peter lacht mit tiefem Bass. „Aber klar, ich komme mit, wir werden das Eisen schmieden, solange es heiß ist, um bei meinem Beruf zu bleiben."

Marshall Taylor sieht überrascht auf, als der Schmied und dessen Freund sein Büro betreten. Mickey wendet sich an den Gesetzeshüter. „Wir haben ein paar Fragen an deine Gefangenen, ist das in Ordnung?"

Richie sieht erstaunt auf, er ahnt, was die beiden Besucher im Schilde führen. „Okay, aber das mir keine Klagen kommen." Er lacht, greift in seine Schublade und holt zwei Schlüssel heraus, die mit einem Ring zusammenhängen. „Hier bitte, seht sie euch in Ruhe an."

Als Peter und Mickey vor der Zelle erscheinen, wird es dunkel in dem kleinen Raum. Die beiden großen Männer stehen vor dem Gitter.

„Wir möchten wissen, wer euer Auftraggeber ist. In dem Büro der Zeitung ist für solche Halunken wie euch doch nichts zu holen."

Die beiden sehen stumm mit düsterem Gesicht auf den schmutzigen Boden ihres Verlieses.

„Mein Kollege hier", er deutet auf Peter, „versteht gar keinen Spaß, der Zeitungsmann ist sein bester Freund!" Mickey hebt die beiden Schlüssel und schlenkert sie mit bösem Lächeln vor den Augen der beiden Gefangenen. „Ich zähle bis drei, dann werde ich eure Zelle aufschließen."

Peter O'Connell stellt sich vor das Gitter, rüttelt daran, seine Muskeln sind gespannt und sprengen fast sein Hemd. Finster blicken seine sonst fast immer lachenden Augen die Verbrecher an.

„Wird's bald?" Mickey steckt einen Schlüssel in das Schloss an der Tür. Die beiden Gefangenen blicken verängstigt auf die bedrohliche Gestalt des Schmieds. Jetzt hebt der eine, der Mann, der die Pferde bewacht hatte, einen Arm.

„Mister! Halten Sie den Mann zurück, wir reden ja!"

Der Schmied löst seine mächtigen Fäuste vom Gitter, mit finsterem Blick und vor der Brust verschränkten Armen, mustert er weiterhin die beiden Eingesperrten.

„Geoffrey hat gesagt, dass wir den Zeitungsmann einschüchtern sollten. Wir sollten ihn verprügeln und hätten auch sein Büro angesteckt."

„So, und dann hättet ihr ihn in aller Seelenruhe verbrennen lassen?" Mickey blickt zu Peter. „Satan, sie gehören jetzt dir!"

Entsetzt schreien die beiden hartgesottenen Burschen auf. „Nein! Er sollte nicht sterben! Er sollte nur verschwinden!"

Aha, daher weht also der Wind. Geoffrey Banks dürfte der Zeitungsmann egal sein, viel wahrscheinlicher erscheint es Mickey, dass der Großrancher dahinter steckt, und Banks in dessen Auftrag gehandelt hat.

Mickey zieht den Schlüssel wieder aus dem Schloss und lässt mit seinem Freund die beiden zurück.

Der Marshall sieht lachend von seinem Stuhl auf. „Alles klar? Ihr wart leiser, als ich erwartet hatte."

„Sie sind von Geoffrey Banks geschickt worden. Ich vermute, dass der Rancher Breckinridge dahinter steckt, das werden wir allerdings kaum beweisen können."

„Das fürchte ich auch, leider können wir kaum etwas gegen ihn unternehmen." Er legt die Schlüssel wieder zurück, die beiden Freunde treten auf die Straße.

„Vielen Dank, für deine Hilfe, Peter! Es war leichter, als ich gedacht hatte."

Peter O'Connell schmunzelt. „Den »Satan« werde ich dir bei Gelegenheit heimzahlen, das war wirklich nicht nett."

Lachend gehen die beiden Männer zur Schmiede hinüber.

Der Wunderheiler

Wie jeden Tag, trifft die Postkutsche am späten Vormittag in Gillette ein. Sie hält vor dem Boarding House, der Kutscher klettert auf das Dach und reicht seinen Fahrgästen das Gepäck hinunter. Die Reisenden sind dieses Mal eine ältere Frau und zwei unscheinbare Männer. Die Frau nimmt eine große Tasche an sich, stellt sie neben sich und sieht die Straße hinunter. Sie scheint auf jemanden zu warten.

Die beiden Männer bekommen jeder einen Koffer zugereicht. Sie sprechen leise miteinander und sehen sich prüfend um. Sie sind mittleren Alters, schwer einzuschätzen, irgendwo zwischen dreißig und fünfzig. Ihre Kleidung ist einfach und nur leidlich sauber, bei Reisen mit der Postkutsche gehört das zur Normalität. Sie klopfen sich den Staub aus Hose und Jacke und betreten das Boarding House, der Größere der beiden stützt seinen Kollegen, dem das Gehen Schmerzen zu bereiten scheint.

Zwei Tage später befährt ein merkwürdiger Wagen die Main Street. Er ist schmal und hoch, ein klappriges Pferd zieht ihn langsam mit sichtlicher Mühe die Hauptstraße entlang. Das Holz des Wagens ist schwarz gestrichen. In großen weißen Buchstaben prangt an beiden Seiten: »Professor Smythe, Wunderheiler«.

Der Mann auf dem Bock ist vollständig schwarz gekleidet. Auf seinem Kopf trägt er einen überdimensional hohen, schwarzen Zylinder.

Das seltsame Gefährt hält zwischen den beiden Saloons. Sein Kutscher steigt mit steifen Bewegungen herab und geht langsam zum Cattlemen's Palace hinüber. „Hallo, Mixer! Darf ich bei ihnen ein Plakat aufstellen?"

Der Barkeeper mustert den schwarz gekleideten Mann nachdenklich. „Was ist auf dem Plakat denn zu sehen?"

Der Fremde breitet theatralisch seine Arme aus. „Vor Ihnen steht der größte Wunderheiler westlich des Mississippi! Ich bin Professor Smythe, Gelehrter und Heilkundiger der Universität in Saint-Louis."

„Ach." Der Barkeeper sieht den Mann skeptisch an. „Warum kommen Sie aus Saint-Louis ganz hierher?"

„Guter Mann! Ich kann es nicht mit ansehen, wie die Kranken hier, fern von den Errungenschaften der modernen Medizin, leiden und sich quälen müssen. Denn es ist nicht unabänderlich, nein! Sie erhalten bei mir sehr preiswert eine Wundertinktur, die fast sofort alle ihre Zipperlein verschwinden lässt!"

Professor Smythe lächelt, beseelt ob seiner hinreißenden Darstellung. Sichtlich bewegt setzt er sich an die Bar. „Jetzt, junger Mann, kann ich einen Whisky gebrauchen."

Der Mixer schiebt ihm ein Glas zu. „Hier bitte, und das mit dem Plakat, das geht schon in Ordnung."

„Danke, guter Mann, ich bin ihnen außerordentlich verbunden."

An einem Spieltisch im hinteren Teil des Saloons sitzt Matthew Richmond. Er ist nicht alleine, Mitchell Baker sitzt bei ihm und sie unterhalten sich. „Sag mal, Matt, du kennst doch diesen Fremden aus Laramie besser als ich. Zwischen ihm und meiner Schwester scheint sich etwas anzubahnen. Du weißt, dass ich mich für sie verantwortlich fühle, obwohl ich nur der jüngere Bruder bin."

Matthew, der Spieler, nickt. „Ich kann dich gut verstehen. Eine schöne junge Frau wie deine Schwester Marilyn, zieht mehr Männer an, als ihr lieb sein kann. Es können Brutale und Gemeine darunter sein. Wenn ein Netter dabei sein sollte, ist es schwer zu erkennen, ich an deiner Stelle wäre auch misstrauisch." Er blickt kurz zur Theke und nimmt flüchtig den neuen Gast wahr. „Ich muss dich aber enttäuschen, ich kenne Mickey soweit ganz gut, ich mag ihn und halte ihn für ehrlich und gerade heraus. Aber sein Verhältnis zu Mädchen? Tut mir leid, da kann ich dir keine Hilfe sein." Er streckt seine Arme und massiert sich die Finger.

Mitchell holt den Beutel mit Tabak aus seiner Hemdtasche, entnimmt ein Stück Papier aus einer kleinen Lederhülle, aus dem Beutel streut er Tabak darauf und dreht sich mit zwei Fingern eine Zigarette. „Das habe ich erwartet, mir geht es genauso. Ich werde ihn im Auge behalten. Meine Schwester scheint ihn zu mögen, aber sie würde nicht zum ersten Mal auf einen Mann hereinfallen." Er dreht sich zur Theke und zeigt auf den Fremden. „Was ist denn da für ein Typ an der Bar?"

Matthew Richmond hebt seinen Kopf. „Ach du meine Güte! Den müssen wir uns mal ansehen."

Die beiden Männer erheben sich, schlendern zur Theke und setzen sich zu dem schwarz gekleideten Gast. „Dürfen wir uns zu Ihnen setzen, Sir?"

„Ich bitte darum, Gentlemen. Seien Sie mir willkommen!"

„Was führt Sie in unseren abgelegenen Ort?"

Professor Smythe lehnt sich zurück, in seinem Kopf entsteht eine neue, salbungsvolle Rede. Der Barkeeper mustert den Mann vor sich und schmunzelt unauffällig. Jetzt beginnt der fremde Gast mit einer neuen Erklärung: „Meine sehr verehrten Gentlemen, ich bin weit gereist, um meine Erkenntnisse über die moderne Medizin zu Ihnen zu bringen. Ich bin auf Grund langer Forschungen und" – er hebt einen Finger – „des Studiums der indianischen Heilverfahren in der Lage, Ihnen ein außerordentlich wirksames Elixier und eine Salbe mit einer an Zauberei grenzenden Heilfähigkeit anzubieten."

Er atmet tief ein und aus. „So Mixer, jetzt bitte einen Whisky, für mich und meine beiden sympathischen Zuhörer." Er hebt sein Glas und fixiert die gelbe Flüssigkeit. „Meine Herren, auf die Gesundheit!"

Der Whisky ist eben geleert, da steht der Fremde auf. „Meine Herren, es wäre nett, wenn Sie mir einen kleinen Moment zur Hand gehen würden." Bereitwillig folgen ihm Matthew und Mitchell vor die Tür. Professor Smythe klettert auf seinen Wagen und reicht ein großes, hölzernes Schild herunter. „Wenn Sie mir das abnehmen würden, das wäre außerordentlich liebenswürdig von Ihnen."

Matt und Mitchell werfen sich einen Blick zu; sie denken beide dasselbe: Der Fremde redet reichlich gestelztes Zeug!

Das Schild ist aus Holz, etwa drei mal vier Fuß groß. Es ist schwarz angestrichen, ebenso wie der Wagen des Wunderheilers. Auch hier steht in großen, weißen Buchstaben »Professor Smythe, Wunderheiler«, mit dem Zusatz: »Hochwirksame Schlangenarznei«. Der Fremde klettert wieder herunter, aus einer Kiste am Wagen holt er ein Stück Kreide heraus und schreibt groß und deutlich auf sein Reklameschild: »Präsentation Donnerstag und Freitag, 2 Uhr«. „Ich würde mich glücklich schätzen, wenn Sie und ihre Freunde und Bekannte der Vorführung meiner Arznei beiwohnen würden."

Mitchell und Matthew geben dem Mann die Hand. „Das sind noch zwei Tage, wir werden versuchen, es einzurichten."

„Ich bin Ihnen zu großem Dank verpflichtet!", ruft er ihnen mit seiner lauten Stimme hinterher. Mitchell folgt Matthew zurück in den Saloon. „Was hältst du von dem Mann?"

„Tja." Matthew zuckt mit den Schultern. „Ich finde ihn etwas sehr theatralisch, seinem Wundermittel traue ich nicht so recht, auf jeden Fall ist es eine Abwechslung in unserem kleinen Ort."

Auf der Double-Box Ranch gibt es jeden Tag von Sonnenaufgang bis Sonnenuntergang viel Arbeit. Es sind etwa zweitausend Rinder, um die sie sich kümmern müssen. Jeden Tag findet eine schnelle Durchsicht aller Tiere nach Auffälligkeiten statt, wie Verletzungen und Krankheiten. Dreimal im Jahr werden etwa einhundert Tiere zur Verladung nach Laramie getrieben, das ist immer besonders viel Arbeit. Die achtzig Meilen lange Strecke dauert eine knappe Woche. Damit der Betrieb auf der Ranch während des Viehtriebs weitergehen kann, werden sie für den Viehtrieb noch drei zusätzliche Cowboys anheuern. Der nächste Trail soll in sechs Wochen stattfinden, Mickey als Vormann ist damit für die Planung verantwortlich. Die Erfahrung des Viehtriebs von San Antonio nach Abilene, an dem er vor knapp vier Jahren teilgenommen hat, kommt ihm nun zugute.

Er sitzt bei Tippy Overbeck in dessen Büro und spricht mit ihm die Pläne durch. „Sollen es im nächsten Jahr auch so viele Rinder sein wie im Moment, oder denkst du daran, deine Herde zu vergrößern?", fragt er seinen Chef.

Der Rancher legt seinen Stift hin und sieht Mickey an. „Wie würdest du es denn machen?"

Sein Chef will ihn prüfen, er will herausfinden, wie weit Mickeys Fähigkeiten als Organisator und Rinderfachmann reichen. So überlegt er einen Moment an einer Antwort. „Ich denke, zweitausend Rinder sind genug. Wenn wir mehr hätten, müssten wir wieder mehr Reiter einstellen. Mancher Winter kann sehr hart ein, dann könnte die Versorgung mit Winterfutter ein Problem werden. Wenn ich es mir recht überlege, ist die Anzahl, die wir haben, genau richtig."

Der Rancher lächelt. „Sehr gut, Mickey. Ich habe mich nicht in dir getäuscht, als ich dich zum Vormann ernannt habe."

Mickey schluckt und freut sich über das Lob. Er hat nie etwas gelernt, gerade eben Schreiben und Lesen, das ihm seine Mutter beigebracht hat. Viele Jahre hat er sich herumgetrieben, im Bürgerkrieg und als Revolvermann, immer mit der Waffe in der Hand. Nun hat sein unstetes Leben, wie es scheint, ein Ende gefunden. Er lauscht den Ausführungen seines Chefs, der gerade eine weitere Idee entwickelt.

"Ich denke darüber nach, eine kleine Pferdezucht aufzubauen, was hältst du davon? Der Verkauf der Rinder mag nicht ewig so weitergehen."

Mit Pferden ist Mickey aufgewachsen. Seitdem er zehn Jahre alt ist, sitzt er auf einem Pferd. „Das scheint mir eine gute Idee zu sein, es würde mich freuen, wenn ich dabei mitmachen dürfte."

Ein kleiner Wagen fährt auf den Hof. Eine junge Frau in einem braunen Kleid springt herab und kommt auf das Haupthaus zu. Jetzt sieht Mickey einen schwarzen Haarschopf am Fenster vorbeieilen. Es ist Marilyn!

„Chef, äh, darf ich für einen Moment…?"

Tippy Overbeck hat die junge Frau auch erkannt, er weiß von der aufkeimenden Zuneigung seines Vormanns zu der schönen Tochter seines Nachbarn.

„Nur zu, Mickey. Sag deiner Freundin guten Tag, ich werde hier schon alleine fertig."

Aufgeregt springt Mickey auf, in dem Moment tritt Marilyn Baker in das Büro. Sie strahlt ihn an und er fühlt sich sofort zu ihr hingezogen. Sie stehen voreinander, er legt seine Arme um sie und Marilyn legt ihren Kopf an seine Brust.

Ein Moment vergeht. „Ha, hm…" räuspert sich Tippy Overbeck hinter ihnen.

Marilyn sieht zu Mickey hoch, der gibt seine Freundin frei und sie wendet sich dem Rancher zu. „Guten Tag, Mr. Overbeck, entschuldigen Sie bitte, dass ich Sie nicht gleich bemerkt habe."

Der Rancher nickt zur Begrüßung. „Keine Ursache. Ich habe selbst eine verliebte Tochter, ich weiß, wie das ist." Schmunzelnd sieht er wieder in seine Bücher.

„Was führt dich hierher?" Mickey mustert seine Freundin.

„Mitchell hat mir erzählt, dass ein Heiler in Gillette ist, den wollte ich mir ansehen. Weil ich mich davor fürchte, eventuell Geoffrey Banks ohne Schutz zu begegnen, wollte ich fragen, ob du mitkommen kannst. Außerdem wollte ich dich wiedersehen", fügt sie leise hinzu.

Mickey dreht sich zu seinem Boss. Doch der hat mitgehört, und lacht seinen Vormann an. „Ich wäre ein Unmensch, wenn ich dich jetzt zurückhalten würde. Viel Spaß, ihr zwei!"

Wenige Minuten später sitzt Mickey neben ihr auf dem Kutschbock, Marilyn lenkt das Pferd, das einen leichten Trab läuft.

„Was willst du denn bei dem Heiler? Hast du eine verborgene Krankheit?" Mickey sieht neckend in ihr hübsches Antlitz.

„Nein!" Marilyn schüttelt den Kopf. „Tante Esmeralda hat Rheuma, vielleicht kann ich etwas finden, das dagegen hilft."

„Hm", Mickey hat leichte Zweifel. Er hat nie einen Heiler kennengelernt, er hat auch nie an Wunder geglaubt. „Glaubst du an Wundermittel?"

Marilyn hält die Zügel locker in der Hand, das Pferd kennt den Weg. „Keine Ahnung, wer weiß schon, was heutzutage alles möglich ist." Sie dreht ihren Kopf zu Mickey und schenkt ihm ein entzückendes Lächeln.

Er lehnt sich entspannt zurück und genießt ihre Nähe, ihre schöne Gestalt und ihre unverkennbare Zuneigung. Ein Glücksgefühl, zu dem er glaubte, nicht mehr fähig zu sein, bemächtigt sich seiner. Er ist nur ein Herumtreiber, ein Revolverschwinger, ganz alleine auf der Welt. In manchen Momenten sah er sich schon im Staub liegen, getroffen von einer Kugel. Niemand hätte um ihn getrauert - und jetzt? Er findet Anerkennung bei der Arbeit, er hat einige gute Freunde gewonnen und er ist in ein zauberhaftes Mädchen verliebt, das seine Gefühle erwidert.

Der kleine Wagen erreicht Gillette, geschickt lenkt Marilyn das Gespann an den Boardwalk in der Nähe des Cattlemen's Palace. Mickey springt vom Bock und reicht seiner Freundin die Hand. Mit einem Lächeln lässt sie sich in seine Arme fallen.

Der überdachte, hölzerne Bürgersteig vor dem Saloon ist bereits von einigen Interessierten belegt. Einige sitzen, andere stehen und warten gespannt auf die angekündigte Darbietung. Die Schwingtür des Saloons wird aufgestoßen und Professor Smythe erscheint. Mit weit ausgebreiteten Armen wendet er sich an seine Zuschauer.

„Willkommen, meine Damen und meine Herren! Ich bin entzückt, Sie zu sehen!" Er verschwindet in seinem Wagen und kommt mit einem kleinen Tischchen heraus. „Einen kleinen Moment, bitte!" Wieder klettert er in den Wagen und kehrt mit einer Kiste zurück. Diese stellt er vor den Tisch, greift hinein und baut eine kleine Reihe Flaschen darauf auf. Es sind Flaschen in der Größe einer Konservendose, und kleinere, mit vielleicht einer Tasse voll als Inhalt. Zuletzt baut Professor

Smythe noch einen kleinen Stapel aus etwa zehn Dosen auf. Er wendet sich den Zuschauern zu, die immer zahlreicher werden. Seine Augen leuchten, als sie über die vielen Gäste schweifen, es sind etwa zwanzig Personen, und es werden immer noch mehr.

Vom Boarding House nähern sich die beiden Männer, die vorgestern mit der Kutsche angekommen sind. Ihre Kleidung ist gesäubert, sie haben sich frisch rasiert und wirken schön herausgeputzt. Der ältere der beiden humpelt, er stützt sich mit der einen Seite auf einen Gehstock, den freien Arm hält sein Begleiter.

Professor Smythe steht auf der Straße, vielleicht fünf Schritt von seinen Zuschauern entfernt. Er breitet wieder seine Arme aus, um die Aufmerksamkeit auf sich zu lenken, die leise Unterhaltung verstummt.

„Meine sehr verehrten Damen und Herren, ich beglückwünsche Sie zu ihrem Entschluss, sich von der Wirksamkeit meiner Wundermittel überzeugen zu wollen."

„Wogegen sollen sie denn helfen?", meldet sich Mickey zu Wort.

„Mein Herr, ich danke ihnen für diese Frage. Meine Medizin beruht auf den neuesten medizinischen Erkenntnissen und alten indianischen Weisheiten. Sie helfen gegen jede Art von Schmerzen, die Tinktur kann eingenommen und eingerieben werden. Für alle Schmerzen in den Gelenken, wie Gicht und Rheuma, habe ich eine Spezialsalbe." Er hebt eine der Dosen in die Höhe und zeigt sie herum.

Marilyn stößt Mickey mit dem Ellenbogen an. „Das wäre doch etwas für Tante Esmeralda, oder was meinst du?"

„Wenn es hilft, auf jeden Fall, ich werde fragen, ob er Belege für die Wirksamkeit hat."

Bevor Mickey fragt, meldet sich Ben Nolan. Er ist der Inhaber des General Store und hat den Ruf hilfsbereit, aber auch sehr geschäftstüchtig zu sein.

„Professor?"

„Ja, mein Herr?"

„Können Sie die angepriesenen Wirkungen irgendwie belegen?"

Professor Smythe hebt wieder seine Arme und dreht sich, Aufmerksamkeit heischend, in der Runde. „Es freut mich, das Sie das fragen, mein Herr. Selbstverständlich!" Er dreht sich zu der Kiste, die neben dem kleinen Tisch steht, und entnimmt ihr ein Bündel Briefe, das mit einem braunen Band verschnürt ist. „Sehen sie hier, meine verehrten Damen und Herren! Dies sind alles Dankschreiben von meinen Kunden." Er übergibt den Stapel an Ben Nolan. „Lesen Sie die Briefe gerne und geben Sie sie weiter." Dann wendet er sich wieder an sein staunendes Auditorium. „Ist jemand unter Ihnen, der mein Wundermittel ausprobieren möchte?"

Zaghaft erheben sich ein paar Arme, auch der Fremde, der eben noch humpelnd von seinem Helfer hierhergebracht worden war, meldet sich. Auf diesen geht der Professor zu und begrüßt ihn. „Wer sind Sie und was wünschen Sie?"

„Mein Name ist Jasper Andrews. Ich bin Ihrer Spur gefolgt, um ihr Mittel ausprobieren zu können, nun habe ich Sie endlich gefunden."

„Das freut mich sehr zu hören. Was kann ich für Sie tun?"

„Ich habe seit vielen Jahren Schmerzen in meinem rechten Knie und kann kaum noch richtig laufen. Ich würde gerne ihre Salbe ausprobieren."

„Aber sicher doch, Sie sind mir willkommen." Der Heiler nimmt eine Dose vom Tisch und reicht sie dem Mann, der krumm auf dem Boardwalk sitzt, mit einer Hand hält er die

Krücke. „Hier bitte, die Anwendung ist einfach, kleinste Mengen genügen bereits." Er wendet sich wieder an sein Publikum. „Meine verehrten Gäste! Wer mag, ist eingeladen, morgen das Ergebnis meiner Wundersalbe zu erleben." Er wendet sich zu dem Mann, der die Dose in der Hand hält. „Morgen sehen wir Sie wieder, Mister. Wie war doch Ihr werter Name?"

„Ich heiße Jasper Andrews."

„Ja, Mister Andrews. Morgen sehen wir Sie wieder, ganz sicher von ihren Schmerzen geheilt."

Marilyn flüstert dem neben ihr sitzenden Mickey zu: „Ich würde gerne diese Salbe kaufen, was hältst du davon?"

„Ich werde fragen, was seine Medizin kostet, dann lass uns das noch einmal überlegen." Er hebt eine Hand. „Professor?"

„Womit kann ich Ihnen helfen, junger Mann?"

„Können Sie uns bitte sagen, wie viel ihre Mittel kosten?"

„Aber gewiss. Bedenken Sie bitte, wenn Sie den Preis hören, was Sie dafür erhalten, Gesundheit ist eben unbezahlbar!"

„Wie teuer ist es denn?"

„Die große Flasche kostet zwei Dollar, die kleine einen Dollar, eine Dose mit meiner Wundersalbe gibt es für unvergleichlich günstige 1,50 Dollar."

Ein Raunen geht durch die Zuschauer, das war teurer, als sie erwartet hatten.

„Meine verehrten Gäste! Bedenken Sie doch die Wirkung! Sehen Sie sich morgen das Ergebnis des Versuches an, es wird Sie vollends überzeugen."

Die Vorführung ist beendet, die Zuschauer erheben sich. Einige stehen noch vor dem Tischchen und stellen Fragen an Professor Smythe. Die beiden Fremden entfernen sich langsam, der Jüngere nimmt Rücksicht auf seinen sich nur langsam fortbewegenden Kollegen.

Mickey steht mit Marilyn ebenfalls bei den Zuhörern des Wunderheilers, er nimmt sich eine Dose mit der Salbe und inspiziert sie. Der Inhalt ist dunkelgelb, Mickey hält seine Nase daran. „Es riecht und sieht aus wie die Schmiere für unsere Wagen. Nur davon bekommt man einen ganzen Eimer für 50 Cent." Wenig überzeugt stellt er die Dose wieder auf den Tisch.

„Wollen wir morgen noch einmal wiederkommen?", fragt Marilyn. „Ich würde gerne sehen, ob es bei dem Fremden wirkt."

Mickey nickt, er würde gerne jede Minute an der Seite dieses süßen Geschöpfes verbringen, doch leider hat er jeden Tag viel zu tun. „Du kannst kaum die ganze Strecke nach Hause und wieder zurückfahren. Ich muss auch meinen Boss fragen, ich würde in dem Fall einen weiteren Tag bei der Arbeit fehlen", gibt Mickey zu bedenken.

Doch Marilyn gibt nicht so schnell auf. „Ich könnte bei meiner Freundin Jennifer übernachten, dort ist ein Bett frei. Und du frag doch bitte Tippy, oder soll ich ihn bitten?"

Unter ihrem Blick schmelzen Mickeys Vorbehalte dahin wie Schnee in der Sonne. „Gut, ich frage meinen Chef, er wird mich wohl ein paar Stunden entbehren können."

„Oh, ja! Ich freue mich jetzt schon auf morgen!" Gemütlich gehen sie auf dem Boardwalk entlang in Richtung des Gemischtwarenhändlers. Meistens erlaubt es der hölzerne Bürgersteig, dass sie nebeneinander gehen können.

Marilyns schwarze Augen mustern nachdenklich den Mann an ihrer Seite. Als sie sich das letzte Mal so von einem Mann angezogen fühlte, ist sie bitter enttäuscht worden. Kann sie es riskieren, sich wieder einem Mann anzuvertrauen?

Vor dem Eingang zum General Store stehen sie noch einen Moment und genießen ihre gegenseitige Nähe, bevor sie sich verabschieden. Langsam geht Mickey die Straße zurück, er muss jetzt mit dem kleinen Wagen von Marilyn zurück zur Double Box fahren.

Die Postkutsche kommt und fährt an ihm vorbei, die Pferde sind nassgeschwitzt, der Staub der Hufe und der Räder hängt in der Luft. Er winkt dem Kutscher zu. „Hallo, Stompy! Du bist spät dran heute!"

Ein Gedanke entsteht, er wendet den Wagen und folgt der Kutsche, die in die Seitenstraße einbiegt und vor dem Boarding House hält. Der Kutscher springt gerade auf die Straße, als ihn Mickey erreicht.

„Grüß dich, Mickey! Ja, ich habe mehrere Stunden Verspätung!" Er klappt eine kleine Stufe heraus und öffnet die Tür. „Willkommen in Gillette!", ruft er dem Fahrgast in der Kutsche zu, er hilft dem älteren Herrn aus der Kutsche, dann geht er zu den Pferden, um sie abzuschirren. Mickey folgt ihm und fasst mit an. Gemeinsam sind die vier Tiere schnell gelöst und werden dann von Mickey und dem Kutscher auf den Hof des Boarding Houses geführt. Der Gehilfe aus der Wechselstation kommt ihnen entgegen, er nimmt ihnen die Pferde ab und führt sie an die Tränke. Mickey und der Kutscher helfen ihm, die Tiere trocken zu reiben. Die schnelle Fahrt hat sie schwitzen lassen, jetzt sind sie erschöpft und werden gegen ausgeruhte Pferde ersetzt.

Der Kutscher sieht Mickey an: „Du hast doch etwas auf dem Herzen, oder? Lass uns in die Gaststube gehen, vor der Weiterfahrt muss ich mich erst stärken."

Mickey hat ein Bier vor sich stehen und sieht dem Kutscher beim Essen zu.

Der erzählt ihm zwischen den Bissen von einem gebrochenen Rad. „Normalerweise erreiche ich Gillette am späten Vormittag, heute sind es sechs Stunden später."

„Bist du vorgestern auch gefahren?"

Der Kutscher überlegt nicht lange, er kratzt sich seinen struppigen Bart. „Doch, wie jeden Tag, ich fahre die Strecke Cheyenne nach Fleetwood an einem Tag, das sind etwas mehr als einhundert Meilen, am nächsten Tag wieder zurück. Mein Kollege Hugh fährt die entgegengesetzte Strecke mit einer zweiten Kutsche, wir treffen uns jeden Tag einmal in der Mitte."

„Gut", Mickey nickt und blickt den braungebrannten Mann an. „Kannst du dich an deine Fahrgäste von vorgestern erinnern? Die, die hier ausgestiegen sind?"

„Klar doch, die Frau war eine Schwester von eurem Kaufmann, die beiden anderen sind unterwegs zugestiegen, die Namen habe ich nicht behalten."

„Die Namen sind nicht wichtig. Meine Frage ist: Haben beide oder einer von ihnen beim Einsteigen gehumpelt?"

Stompy überlegt. „Nein, auf keinen Fall, beide sind kerngesund eingestiegen." Er schmunzelt. „Vielleicht haben sie sich bei meiner Fahrweise ein paar blaue Flecken geholt."

Mickey hat genug gehört. „Mach's gut, Stompy, pass auf dich auf!" Nachdenklich tritt er auf die Straße. Die »Schwester des Kaufmannes« klingt ihm noch im Ohr. Er fährt mit dem kleinen Wagen zum General Store zurück. Das Glöckchen an der Tür erklingt, als er den vollgestellten Laden betritt, einen Moment später erscheint die Tochter des Kaufmannes. „Guten Tag Mickey, möchtest du zu Marilyn?"

Mickey lächelt bei der Erwähnung seiner Freundin. „Keine schlechte Idee, Jennifer, aber ich verfolge einen anderen Gedanken. Sag mal, ist eine Tante von dir zu Besuch?"

„Ja, meine Tante Betty ist für ein paar Tage hier."

„Ist es möglich, dass ich sie mal kurz sprechen könnte?"

„Du willst meine Tante sprechen? Warum das denn?"

„Ich möchte sie nur etwas fragen."

„Okay, sie ist bei meinem Vater im Wohnzimmer, ich werde sie bitten, hierher zu kommen."

Elisabeth Borden ist die ältere Schwester von Ben Nolan. Sie war verheiratet, ist jetzt aber verwitwet. Neugierig mustert sie Mickey. „Was haben sie auf dem Herzen, junger Mann?"

„Danke, dass Sie Zeit für mich haben. Ich interessiere mich für zwei Passagiere, die vorgestern mit Ihnen hierhergefahren sind."

„Ich kann mich an sie erinnern, sie nannten sich Jasper und Freddy. Warum fragen Sie?"

Mickey räuspert sich. „Ich glaube, es handelt sich um Betrüger. Der ältere der beiden ist vorhin mit einer Krücke und gestützt von seinem Begleiter, bei einem Mann aufgetaucht, der sich als Wunderheiler ausgibt. Er hat sich als Versuchsperson angeboten."

Jetzt lächelt die alte Dame. „Mein Bruder hat mir von den Wundermitteln schon berichtet. Dass ich der Versuchsperson schon begegnet bin, konnte er nicht wissen. Junger Mann, Sie haben recht. Die beiden sind in Clearwater eingestiegen, zu dem Zeitpunkt waren sie gut beweglich, gut gelaunt und haben sich angeregt unterhalten."

Mickey lächelt, sein Eindruck hat ihn also nicht getäuscht. „Eine Bitte habe ich jetzt noch: Falls Sie morgen noch hier sind, könnten Sie um zwei Uhr herum zu der Vorführung von Professor Smythe kommen?"

Die Dame nickt lebhaft mit ihrem silbergrauen Kopf, ihre Augen blitzen Mickey an. „Auf jeden Fall! Sie können mit mir rechnen!"

Mickey grinst, die alte Dame gefällt ihm.

Die Tür hinten im Laden wird geöffnet, Marilyn erscheint. „Jennifer hat mir gesagt, dass du hier bist, da musste ich dich unbedingt sehen, was machst du hier?"

„Es ist nur wegen deiner Nähe!" Vergnügt lacht er sie an. „Nein, ich habe in der netten Dame hier", er weist auf die Schwester des Kaufmannes, „eine Zeugin dafür gefunden, dass Professor Smythe offenbar ein Betrüger ist."

Marilyn reißt ihre Augen weit auf. „Großer Gott! Gut, dass ich noch nichts gekauft habe!"

„Na siehst du! Mir kam dieses »Wundermittel« gleich merkwürdig vor. Ich muss jetzt aber los, entschuldige mich bitte." Er beugt sich zu Marilyn, die ihm ihre Wange für einen Kuss anbietet.

„Auf Wiedersehen, grüßen Sie Ihren Bruder von mir!", ruft er der alten Dame zu und eilt aus dem Laden.

Am nächsten Tag versteckt sich die Sonne hinter dichten Wolken, etwas Wind ist aufgekommen. Mickey ist seit sechs Uhr auf dem Rücken von Brighty unterwegs, die Ranch von Tippy Overbeck erfordert seinen ganzen Einsatz. Die Männer arbeiten gut für sich alleine, jeder kennt seine Aufgabe. Bei Einem müssen alle Fäden zusammenlaufen und die Arbeiten koordiniert werden. Auf der Double Box ist das Mickey, er hat jeden Winkel der Ranch im Kopf, er weiß, wo sich seine Reiter aufhalten, und womit sie sich gerade beschäftigen.

Nun muss er sie für eine Weile alleine lassen, um halb zwei will er in Gillette sein und sich mit Marilyn am General Store treffen. Er ist gestern mit ihrem Wagen zur Double-Box zurückgefahren, und muss deshalb heute damit wieder in den Ort zurück. Er wird etwas mehr Zeit benötigen als auf seinem Pferd, er rechnet mit einer guten Stunde.

Am Ende der Strecke lenkt Mickey den Wagen auf den Hof des General Store. Marilyn hat ihn bereits erwartet und eilt ihm entgegen. Sie halten sich im Arm und freuen sich aneinander. Die Schwester des Kaufmanns kommt auch auf den Hof. Sie trägt wie gestern schon, ein schwarzes Kleid, auf ihre silbergrauen Haare hat sie eine schwarze Haube gebunden.

„Wie ich von Ihrer Freundin höre, heißen Sie Mickey." Sie reicht ihm eine kleine Hand, die in einem weißen Handschuh steckt. „Mein Name ist Elisabeth Borden."

Mickey verbeugt sich artig. „Es ist mir eine Freude!"

Gemeinsam gehen sie zum Cattlemen's Palace. Wie am Vortag haben sich wieder einige Neugierige eingefunden, die sich miteinander unterhalten. Mickey und seine Freundin setzen sich auf die Kante des hölzernen Bürgersteiges. Die Schwester des Kaufmannes sitzt auf einem Stuhl aus dem Cattlemen's Palace, der freundlicherweise von Matthew Richmond auf den Boardwalk gestellt wurde.

Professor Smythe erscheint, einige der Zuschauer klatschen. Er wirft einen Blick in die Runde und mustert kurz seine Gäste. „Willkommen, willkommen!", ruft er, „Gibt es noch einige Fragen zu meiner gestrigen Veranstaltung? Ich würde Ihnen, meine verehrten Zuschauer, gerne mehr von der außerordentlichen Heilkraft berichten." Er steigt in den Wagen und kommt wieder mit dem Tischchen heraus, dann ist die Kiste an der Reihe. In der offensichtlichen Erwartung eines guten Geschäftes stellt er den kleinen Tisch bis zum Rand voll mit seiner Wunderarznei.

Zwei Männer kommen auf die Vorführung zu. Es sind die beiden, von denen der Ältere gestern eine Dose mit Salbe zum Ausprobieren mitbekommen hatte. Professor Smythe wendet sich zu den beiden und breitet seine Arme zu einem Willkommensgruß aus. „Da kommen Sie! Meine Damen und Herren! Sehen Sie, was ich sehe?"

Seine Zuschauer blicken erstaunt den beiden Männern entgegen. Der Ältere, Jasper Andrews, der sich gestern nur mit Hilfe einer Krücke, und mit der Unterstützung seines Kollegen fortbewegen konnte, geht elastisch neben seinem Partner her. Er hat die Krücke dabei, demonstrativ hebt er sie hoch.

„Warten wir, was unser Proband zu berichten hat!" Professor Smythe empfängt ihn mit ausgebreiteten Armen. „Erzählen Sie, wie ist es Ihnen ergangen, guter Mann?"

Jasper Andrews wendet sich zu dem Publikum. Mickey fühlt eine Hand an seinem Arm, Elisabeth Borden flüstert in sein Ohr. „Das sind die beiden, ich bin ganz sicher."

Mister Andrews erhebt seine Stimme. Er berichtet, dass schon eine Stunde nach der Anwendung der Wundersalbe seine Schmerzen abklangen, in der Nacht habe er ausgezeichnet geschlafen, so gut, wie schon lange nicht mehr. „Heute Morgen waren alle meine Beschwerden verschwunden!" Er dreht sich herum und versucht sich in einigen zaghaften Hüpfern.

Ein leises, beinahe ehrfürchtiges, „Oh" ertönt aus vielen Mündern, einige der Gäste klatschen dem Professor zu. Der hebt wieder seine Arme. „Ich denke, damit dürften alle Zweifel beseitigt sein. Meine Damen und Herren, folgen Sie mir zu meinem Verkaufstisch!" Er stellt sich neben seinen Stand in der Erwartung eines Ansturms.

Mrs. Borden erhebt sich. Mit ihrer geraden Haltung und dem schwarzen Kleid ist sie für alle gut sichtbar. Sie tritt auf Mister Andrews zu und reicht ihm die Hand. „Guten Tag, Mister Andrews, ich bin ihre Begleiterin aus der Kutsche von vor drei Tagen, erinnern Sie sich?" Sie hat ihre Stimme erhoben und spricht laut, sie ist für alle Anwesenden gut zu verstehen. „Vor drei Tagen, neben mir in der Kutsche, hatte dieser Mann", sie zeigt auf Jasper Andrews, „keinerlei Beschwerden, nicht im Knie, noch anderswo!"

Totenstille tritt ein. Alle Zuschauer sind für einen Moment erstarrt und blicken auf Mister Andrews. Dessen Gesicht sieht jetzt gar nicht mehr zufrieden aus. Mit hochrotem Kopf sieht er erschrocken die Menschen an, die ihn jetzt zornig beobachten. Dann wenden sich die Zuschauer dem angeblichen Professor zu. Erste Stimmen werden laut. „Betrüger!", „Scharlatan!", „verschwinde von hier!"

Der Professor springt, so schnell er kann, auf seinen schwarzen Wagen und treibt sein altersschwaches Pferd an. Seine beiden Handlanger laufen neben ihm her. „Nimm uns mit, Humphrey, halt an!", gerade noch gelingt ihnen der Sprung auf den Wagen, sie drängen sich nun zu dritt auf dem schmalen Kutschbock.

Das Reklameschild und das Tischchen mit der Medizin sind wenige Minuten später die letzten Anzeichen des Wunderheilers. Die Bewohner lachen, sie sind nicht gesünder geworden, sie hatten aber auf jeden Fall einen netten Zeitvertreib gehabt.

Die Hochzeitsfeier

Eines Tages sucht Tippy Overbeck seinen neuen Vormann auf. „Hallo Mickey, ich habe einen etwas ungewöhnlichen Auftrag für dich. Kannst du meiner Frau und unserer Tochter bei der Planung und Vorbereitung für die Feierlichkeiten zur Hochzeit helfen?"

Mickey ist sofort Feuer und Flamme. „Warum nicht?"

Die Feier soll in drei Wochen sein. Die Vermählung ist am Vormittag und ab dem Nachmittag soll bis in die Nacht gefeiert werden. Helen arbeitet mit ihrer Mutter bereits an der Gästeliste. Wie Mickey hört, enthält sie schon über achtzig Gäste, viele Bewohner des Tales werden eingeladen.

Die Feier wird in der großen Scheune stattfinden. Auf dem Scheunenboden wird getanzt, es soll Musik geben, reichlich zu essen und zu trinken. Mickeys Aufgabe ist es, die Scheune herrichten zu lassen, die Mutter und der Helfer aus dem Haus bereiten sich auf die Verpflegung der Gäste vor.

Die Zeit bis zur Hochzeit vergeht Mickey wie im Fluge. Es gibt viel Arbeit für ihn, der Job als Vormann fordert ihn, dank der guten Zusammenarbeit mit den Reitern geht alles reibungslos vonstatten. Dazu kommt die Planung für die Hochzeit, sodass er nur selten Gelegenheit hat, zur Double-M zu reiten und sich auf einen kurzen Schwatz mit Marilyn zu treffen. Sie sitzen dann meistens auf der Veranda und reden miteinander. Und wenn sie nicht reden, sitzen sie nur da, sehen sich in die Augen und halten sich an den Händen. Beide genießen jeden Moment ihrer Zweisamkeit.

Er beantwortet ihr immer wieder Fragen zu seinem bisherigen Leben, insbesondere die vielen Leute, die er erschossen hat, bewegt sie in ihren Gedanken.

Es freut ihn, dass sie sich für sein Leben interessiert, das hat bisher noch niemand getan. Außer vielleicht Alice Granger aus New Orleans, die Erinnerung an sie verblasst zusehends, je länger er mit Marilyn zusammen ist.

„Du hast dein Herz auf dem richtigen Fleck und hast deine Fähigkeiten noch nie für eine schlechte Sache eingesetzt, im Gegenteil. Für mich ist das einzige Problem, dass ich mir immer Sorgen machen muss, dass du bei einer Schießerei dein

Leben lassen könntest. Das Leben hier im Westen ist gefährlich, jedem sitzt die Waffe locker. Aber wenn ich es mir recht überlege, kann ich nicht sagen, ob es für dich gefährlicher ist, als für mich."

Mickey zieht sie an sich und hält sie fest. Sie ist sein Schatz, sein Ein und Alles. Er wird alles daran setzen, dass sich ihre Sorgen als unbegründet erweisen. „Ich verspreche dir bei allem, was mir heilig ist, dass ich mich so vorsichtig und umsichtig wie möglich verhalten werde, ich werde keine unnötigen Risiken eingehen."

Zweimal kommt Marilyn noch vor der Hochzeitsfeier zur Double-Box. Die Cowboys lassen jedes Mal alles stehen und liegen, um einen Blick auf sie werfen zu können, Mickey bemerkt es mit Freude. Das Mädchen, das alle hier gerne zur Freundin hätten, hat sich ausgerechnet ihn gewählt, es macht ihn stolz und glücklich. „Du gibst doch in Gillette Unterricht an den Sonntagen?", fragt er sie bei einer Gelegenheit.

„Ja, seit eineinhalb Jahren, fast jeden Sonntag, nur im Winter, wenn viel Schnee liegt, nicht."

„Woher hast du denn deine Schulbildung?"

Sie lächelt ihn an, ein Lächeln, das wie ein warmer Sonnenstrahl über seine Augen sein Herz erwärmt. „Meine Patentante Esmeralda hat mir und meinen Geschwistern schreiben und lesen beigebracht. Sie ist in einem Kloster in Los Angeles aufgewachsen, dort ist sie von den Nonnen unterrichtet worden."

„Erzähl mir von deinen Eltern, Mickey", fordert sie ihn auf, „wo hast du schreiben und lesen gelernt?"

Mickey erzählt von seinen Eltern, seinem despotischen Vater und seiner sanftmütigen Mutter.

„Möchtest du deine Mutter nicht einmal wiedersehen?"

Mickey überlegt eine Weile. „Darüber bin ich mir ehrlich gesagt, nicht im Klaren, ich habe sie vor elf Jahren verlassen. Vielleicht ist sie inzwischen gestorben, deshalb lasse ich es lieber so, wie es ist."

Eine seiner Aufgaben als Vormann ist es, für ausreichend Personal zu sorgen. Den Posten des Vormannes hat er nun selbst inne, dafür fehlt ihm ein Weidereiter. Er lässt dazu am Anschlagbrett neben dem Büro des Gillette Mirror einen Aushang anbringen, auf dem nach weiteren Cowboys für die Weidearbeit gesucht wird.

Eines Tages stellen sich zwei Burschen vor. Mickey erkundigt sich nach ihrem bisherigen Werdegang, um herauszufinden, was sie gelernt haben. Was die beiden berichten, klingt vernünftig, sie erwecken einen brauchbaren Eindruck. Zur Überprüfung ihrer praktischen Fähigkeiten reitet er mit beiden zur Weide. „Seht ihr die Gruppe Rinder dort vorne?", fragt er, die beiden Reiter nicken. „Sie haben zwei Kälber dabei, eure Aufgabe ist es nun, die beiden Kälber abzutrennen und sie mit dem Lasso einzufangen. Ich werde euch mit meinem Pferd begleiten und will beobachten, wie ihr euch dabei anstellt. Wenn ich sehe, dass ihr diese Arbeit beherrscht, werde ich entweder euch beide oder auch nur einen einstellen." Und los geht es, die beiden Bewerber um den Job des Weidereiters machen es recht gut. Sie wissen ihre Pferde geschickt zu lenken, auch das Lasso verstehen sie zu werfen, sodass die beiden Kälber schnell eingefangen sind.

Mickey ist sehr zufrieden. „Ihr beide habt gut gearbeitet, wir werden euch einstellen, eine Probezeit gibt es nicht. Wenn ihr euch nicht bewährt", fügt er hinzu und lässt keinen Zweifel an seinen Worten - „werfe ich euch auf der Stelle wieder raus."

Mickey geht davon aus, dass sie die zwei Leute gut gebrauchen können. Allerdings wird das Schlafhaus für die Cowboys dann etwas knapp, er wird wohl noch mindestens ein Bett mehr einplanen müssen.

Die Vermählung von Helen Overbeck und John Clarkdale findet in der kleinen Kirche am Friedhof statt. Es sind erheblich mehr Gäste gekommen, als das kleine Gotteshaus fassen kann. Deshalb befinden sich in der Kirche nur das Brautpaar, die Eltern der Braut, die Trauzeugen und die engsten Freunde. Der Bräutigam hat keine Eltern mehr, es ist leider im Westen nicht so selten, dass die Eltern die Hochzeit ihrer Kinder nicht erleben.

Mickey und viele andere sind draußen vor dem Eingang und stellen sich für das Spalier auf. Sie sind vergnügt und machen Späße, eine Heirat ist immer wieder ein großes Ereignis, das ausgiebig gefeiert wird.

Das Brautpaar tritt langsam aus der Kirche heraus. Was für ein schönes Paar! Die rote Haarpracht von Helen Overbeck wallt weit über das weiße Kleid, sie ist ein wirklicher Augenschmaus. Der Bräutigam hat sich herausgeputzt, er trägt einen Anzug, den er sich für diesen Anlass geliehen hat und sieht vornehm darin aus. Mickey sieht zu Marilyn Baker hinüber, die ihm gegenüber steht und jetzt gerade zum Brautpaar schaut. Er stellt sich vor, dass er vielleicht schon bald ebenfalls als Bräutigam aus dieser Kirche treten könnte, mit Marilyn an seiner Seite! Jetzt sieht sie zu ihm hin und lächelt ihn an, er lächelt ebenfalls und wirft ihr eine Kusshand hinüber.

Die Gäste stehen nun in zwei langen Reihen vor der Kirche und bilden eine Gasse für das Brautpaar, die Cowboys werfen mit viel Gejohle ihre Hüte in die Luft und werfen Blumen auf den Weg.

Ein langer Tross von Reitern und Wagen begibt sich nun zur Ranch der Overbecks. Dort herrscht ein unglaublicher Trubel. An normalen Tagen ist die Atmosphäre ruhig und beinahe gemütlich, heute geht es zu, wie auf einem Jahrmarkt. Die beiden Musiker, die Mickey bestellt hat, spielen bereits auf. Der eine ist Geiger, der andere spielt auf einem Harmonium. Zu den ersten Takten sind einige der Kinder auf die Tanzfläche gelaufen und hopsen dort herum.

Mehrere Bänke sind für die vielen Gäste aufgestellt worden. Die Küche im Haus, als auch der Küchenwagen des Roundup Trupps, sind im vollen Einsatz und schaffen es kaum, das Essen für die vielen Gäste zuzubereiten.

Nach dem Essen bekommt die Scheune noch den letzten Schliff für den Tanzabend. Immer wieder wird gefegt, damit die Reste des Heus nicht beim Tanzen stören. Aus ein paar Brettern und Böcken wird eine Theke aufgebaut und Bierfässer werden herangerollt. Eingeweihte wissen, dass es in einer Ecke auch eine Kiste mit Whisky gibt. Mickey hat das organisiert, jedoch mit der Auflage, den Whisky erst zu fortgeschrittener Stunde herauszugeben.

Das Mittagessen geht dem Ende zu. Der Koch ist Carl Henderson, er ist von der Nachbarranch gekommen und hat noch zwei Gehilfen mitgebracht. Sie räumen die Tische ab und bereiten das Abendessen vor. Es wird, wie so häufig bei diesen Gelegenheiten, Spießbraten geben, der über einem großen Feuer gegart wird. Und wenn das nicht genug sein sollte, gibt es noch Bohnensuppe und Brot.

Der Abend nähert sich und immer mehr Gäste nähern sich der Ranch. Die Hochzeit ist das Ereignis im ganzen Tal, es gibt viel Spaß und Vergnügen, aber auch Gespräche, zu denen man im Alltag nicht kommt. Neue Kontakte werden geknüpft, die Alten werden aufgefrischt, alte und neue Nachrichten und Ereignisse werden ausgetauscht.

Die Einäscherung von Madsen ist ein beliebtes Gesprächsthema, immer wieder wird Mickey aufgefordert, davon zu berichten, doch er hebt die Hände und schützt viel Arbeit vor. Das stimmt zu mindestens teilweise, die Vorbereitungen in der Scheune fallen in seine Verantwortung.

Doch allmählich kehrt auch für ihn etwas Ruhe ein. Nun wird getanzt, nahezu alle Frauen und Männer und alle Mädchen, die einmal Frauen werden wollen, finden sich in der Scheune ein. Tippy Overbeck hat sich in die Mitte gestellt, und beginnt mit kräftiger Stimme Anweisungen zu geben. Zuerst sollen die Mädels und Damen auf die Tanzfläche kommen. Sie stellen sich paarweise auf, halten sich an den Händen und drehen sich nach den Takten der Musik im Kreis. Die Männer haben sich längs der Tanzfläche aufgestellt und betrachten vergnügt die Frauen. Es werden Augen gekniffen und Kusshände verteilt. Die Männer haben entweder bereits eine feste Bindung, oder mustern die Mädchen. Es sind viel zu wenige, die Männer sind erheblich in der Überzahl. In der Mitte, mit einem Kranz aus weißen Blüten im Haar, dreht sich die Braut. Ihr rotes Haar fliegt, sie steht heute Abend ganz klar im Mittelpunkt. Ihr frischgebackener Ehemann, John Clarkdale, steht am Rand der Tanzfläche, er lächelt ihr zu und klatscht im Takt der Musik.

Mickey sieht immer wieder zu Marilyn. Sie ist die Schönste von allen und sie ist noch zu haben, was sie für die Männer noch interessanter macht. Doch sie blickt nur zu Mickey und hat bei jeder Runde ein Lächeln nur für ihn. Die meisten Männer wissen schon, wen sie meint, trotzdem geben einige die Hoffnung nicht auf, vielleicht doch Erfolg bei ihr zu haben.

Die Männer treten auf die Tanzfläche, sie stellen sich so wie die Damen auf und beginnen sich zu drehen. Nach Anweisung von Tippy kommt nun der nächste Schritt, alle Frauen und Männer trennen sich und beginnen eine Art Ringelreihen, bei jeder Drehung wird der Partner gewechselt. Mickey hat endlich Gelegenheit, immer mal wieder für die Dauer einer Drehung seine Marilyn im Arm zu halten.

Es gibt eine Pause, die Tanzfläche leert sich, die Tanzpaare strömen plaudernd und mit viel Gelächter auf den Hof oder zur Theke.

Mickey entdeckt Mitchell Baker, er ist weitgehend genesen und trägt keinen Verband mehr. Jetzt hält er Jennifer Nolan an der Hand und flüstert ihr gerade etwas ins Ohr. Offensichtlich hat sich zwischen den beiden, dank des Banküberfalls, etwas angebahnt.

Mickey sucht wieder nach seiner Marilyn. Sie befindet sich inmitten einer Schar von Männern, durch die er sich nun durchdrängen muss. Doch dann kann er sie endlich in den Arm nehmen, und sie schlendern vor die Scheune. Es ist inzwischen fast dunkel geworden, überall stehen Gruppen herum und lachen und unterhalten sich miteinander. Einige Pärchen haben sich abgesondert und flüstern. Auch Mickey nimmt sein Mädchen bei der Hand und führt sie an die Wand der Scheune. Sie blickt zu ihm hoch und sieht ihm in die Augen. Mickey stützt sich mit einer Hand an der Wand ab und genießt ihre Nähe. Marilyn flüstert, gerade so laut, dass er es hören kann. „Ich bin so glücklich wie noch nie zuvor, Mickey." Dann stellt sie sich auf die Zehen und flüstert ihm ins Ohr: „Bei dir vergesse ich alles, was früher gewesen ist."

Mickey ist glücklich, er drückt sie an sich und küsst sie auf die Nasenspitze. Sie hebt ihren Mund, spitzt ihre Lippen und küsst ihn. Erst zart, dann drängen sich ihre Lippen fest aufeinander, Mickey fühlt, wie sie ihren Mund öffnet und eine kleine Zunge in seinen Mund wandert. Ein Wohlgefühl durchströmt seinen ganzen Körper und er erwidert das Spiel mit der Zunge. Leise keuchend und nach Luft schnappend lösen sie sich voneinander. Mickey muss seine Fassung wiedergewinnen, er sagt leise: „So wie du hat mich noch nie ein Mädchen geküsst."

Und er wiederholt den Kuss, eng drücken sie ihre Körper aneinander. Deutlich spürt er ihren vollen Busen unter ihrer Bluse. Mickey schwebt irgendwo in einem süßen Himmel, da vernimmt er ihre leise Stimme: „Mickey, wir sollten uns wieder unter die anderen Gäste mischen."

Leider hat sie recht, ungern löst er sich von ihr, sie halten sich an der Hand und gehen zurück in die Scheune. Die Musiker spielen wieder und einige Paare drehen bereits ihre Kreise.

Maureen Overbeck kommt zu ihm. „Mickey!", ruft sie ihn. „Wir brauchen mal deine Hilfe." Es stellt sich heraus, dass an der Kutsche einer ihrer Gäste der Splint in der Deichsel gebrochen ist und nun Ersatz benötigt wird. „Kennt sich Jimmy nicht besser damit aus? Ich werde eine Weile suchen müssen."

„Jimmy liegt sternhagelvoll irgendwo hinter der Scheune", hört er, na ja, da kann man nichts machen. Dann hat sich der gute Jimmy doch zu oft am Whisky bedient. Er geht in die Werkstatt und kramt in der Kiste mit den Ersatzteilen herum. Er findet, was er sucht und kommt mit dem Splint, einem

Hammer und einem Eimer Fett zurück. „Hier, es ist alles da, ich setze einen neuen Splint ein, das haben wir gleich."

Die Arbeit geht ihm leicht von der Hand, er fettet den Splint ein und gibt ein paar vorsichtige Hammerschläge darauf, sodass der Splint in das Loch hinein gleitet und die Deichsel wieder fest mit der Kutsche verbindet. Damit er besser sehen kann, hält einer der Cowboys eine Petroleumlampe.

„So, fertig!", sagt er, „nun kann die Fahrt nach Hause losgehen." Die Gäste bedanken sich und spannen das Pferd an. Mickey bringt den Hammer und das Fett wieder zurück. Seine Gedanken kreisen die ganze Zeit um Marilyn. Sein Herz wird warm, wenn er an sie denkt. Er ist sehr froh, dass sie offensichtlich das Trauma von vor zwei Jahren überwunden hat.

An der Scheune sieht Mickey ein weiteres Pferd stehen, das ist ihm vorhin noch nicht aufgefallen. Es ist eine braune Stute, das rechte Vorderbein ist bis zum Knie weiß. Hat er nicht kürzlich so ein Pferd gesehen? Richtig, der Gauner Geoffrey Banks hat doch so eines! Er beschleunigt seine Schritte, eine dunkle Ahnung erfasst ihn.

In der Scheune geht es wieder rund. Die Musik schallt ihm entgegen, als er eintritt. Sein Blick schweift über die Diele auf der Suche nach Marilyn. Er findet sie bald, sie lehnt an einen der Stützpfosten neben der Tenne. Jemand steht vor ihr und spricht mit ihr, es ist ein großer Mann mit schwarzem Bart. Kurz erblickt Mickey ihre Augen, sie sind angstvoll geweitet. Der Mann an ihrer Seite ist ihm bei dem Rancher William Breckinridge begegnet. Es ist Geoffrey Banks, der jetzt dicht vor ihr steht.

Mickey beschleunigt seine Schritte, um Marilyn aus dieser Lage zu befreien. Geoffrey Banks stützt eine Hand an dem Balken ab und verhindert damit, dass Marilyn sich entfernen könnte. Er steht ganz dicht vor ihr, Mickey kann gerade noch seinen letzten Satz hören.

„Stell dich doch nicht so an, es hat dir doch Spaß gemacht!"

Mickey überlegt nicht lange. Marilyn muss furchtbare Angst haben, er muss ihr sofort helfen. Er ballt eine Faust und schlägt einen kräftigen Haken in Geoffreys Rippen. „Lass mein Mädchen in Ruhe!"

Geoffrey Banks krümmt sich kurz, er taumelt zurück und richtet sich auf. „Aha, da ist ja der Neue", hört Mickey und der Lump grinst ihn an. „Hast Geschmack an der Kleinen gefunden? Kann ich verstehen!", er lacht und versucht Mickey zu reizen. Ein wütender Gegner greift ohne Verstand an, das scheint die Taktik des Verbrechers zu sein.

Mickey ist so wütend, wie schon lange nicht mehr. Trotzdem bleiben seine Reflexe kühl, blitzschnell und genau. Er hat beide Fäuste geballt und zur Deckung erhoben. Die Gäste sind inzwischen hastig zur Seite gesprungen und beobachten erschrocken die Szene aus sicherer Entfernung.

Blitzartig versucht Geoffrey, einen Schlag anzubringen, der auf Mickeys Rippenbogen gerichtet ist, der sieht es jedoch kommen, weicht mit einer schnellen Bewegung aus und pariert die Faust mit seinem Unterarm. Geoffrey ist verdutzt, er hat seinen Gegner offenbar unterschätzt, er geht erst einmal auf Distanz. Die Männer beobachten sich, sie tänzeln vor und zurück, die Fäuste in Höhe des Gesichtes und versuchen, Unsicherheiten oder Schwächen bei dem anderen zu entdecken. Mickey hat seinen Gegner schnell abgeschätzt, er ist fast so groß wie er und vermutlich ähnlich kräftig. Dessen Bewegungen sind dagegen wenig koordiniert und seine Deckung ist schwach. Früher oder später wird er ihn besiegen. Während der vielen Gefechtspausen im Bürgerkrieg hatte er Gelegenheit gehabt, seine Fähigkeiten im Boxen zu entwickeln.

Eine Faust von Geoffrey Banks kommt angeschossen, sie soll ihn im Gesicht treffen. Mickey beugt sich ganz leicht zur Seite, pariert den Schlag mit dem rechten Unterarm und gibt sofort eine harte Gerade auf das rechte Auge seines Gegners. Der schlägt zurück und trifft seine Schulter, dort ist Mickey wenig empfindlich, trotzdem schmerzt der Schlag, er darf ihm nur wenige solcher Gelegenheiten geben. Mickey startet ein paar Finten, auf die sein Kontrahent prompt hereinfällt. Er nutzt dessen schlechte Deckung und bringt eine schnelle Kombination von Schlägen in den Bereich unterhalb der Rippen an. Der Getroffene schnappt nach Luft und krümmt sich nach vorn, sofort kommt ein weiterer Hieb von Mickey auf sein rechtes Auge. Dort beginnt jetzt Blut zu fließen, die Augenbraue ist verletzt und wird bald anschwellen.

Mickey beobachtet ständig jede noch so kleine Bewegung, gleich muss sein Gegner die Taktik ändern, sonst hat er verloren. Er sieht es kommen, Geoffrey Banks beginnt einen kleinen Ausfallschritt nach hinten, gleich wird er sich auf ihn stürzen, um aus dem Boxkampf einen Ringkampf zu machen. Davon verspricht er sich wahrscheinlich größere Chancen, den Kampf noch für sich entscheiden zu können.

Und es passiert genauso, wie Mickey es vorausgesehen hatte. Sein Gegner beugt sich nach vorne, streckt die Arme aus und stürzt sich blitzschnell auf ihn. Mickey tritt einen kleinen Schritt beiseite und reißt sein Knie mit großer Macht hoch. Er trifft das Kinn von Geoffrey Banks, er spürt das Knacken von ein paar Zähnen. Der Tritt mit dem Knie hat Geoffreys Kopf hochgerissen, sofort schnellt von Mickey eine lange Gerade punktgenau auf das Kinn. Wie von einem Pferdehuf getroffen, bricht Geoffrey Banks zusammen und liegt bewusstlos auf der Diele. Er blutet aus der Augenbraue und einer aufgeplatzten Lippe, ein paar Zähne haben auch dran glauben müssen.

In der Scheune ist es totenstill, die Zuschauer müssen erst verarbeiten, was hier in wenigen Minuten passiert ist. Dann bricht großer Jubel los, alle klatschen und johlen.

Mickey hebt beruhigend die Hände und sagt: „Schon gut, danke, nun lasst uns schnell Ordnung schaffen, schließlich ist das hier eine Hochzeit!"

Er ruft zwei von seinen Cowboys heran. „Jungs, könnt ihr den Kerl hier zu seinem Pferd tragen?" Die beiden nicken. Die Männer packen an, und schon haben sie den Mann wie einen nassen Sack vorne und hinten angehoben. Mickey erklärt, was mit dem Bewusstlosen geschehen soll. „Setzt ihn auf sein Pferd und bindet ihn am Sattel fest. Und dann bringt ihn bis zum Zufahrtsweg am alten Postweg hinunter, erst dort unten lasst ihr das Pferd los." Er ergänzt noch: „Seine Waffe behalten wir hier, die hat er wie die anderen abgegeben, nur er bekommt seine nicht zurück."

Die beiden Cowboys grinsen, als sie ihrem Vormann zuhören. Er hat schon Klasse, denken sie und stolpern mit dem Mann hinaus zu dessem Pferd.

Mickeys nächster Gedanke gilt Marilyn. Er findet sie auf einem Stuhl sitzend am Rande der Diele. Als sie ihn kommen sieht, springt sie auf und umarmt ihn, ihr eben noch verängstigtes Gesicht strahlt wieder wie zuvor. „Mein Retter!", lächelt sie ihn an und er bekommt einen Kuss von ihr. „Das war nicht dein erster Kampf, nicht wahr? Das sah sehr gekonnt aus."

„Da kannst du mal sehen, in was für einen gefährlichen Kerl du dich verliebt hast!" Er lacht sie an und zieht sie auf die Tanzfläche. Die Musikanten spielen wieder auf, nach einem Tusch beginnt eine Runde Paartanz, ohne Wechsel des Partners. Mickey hält seinen Schatz in den Armen und genießt die Nähe ihres warmen Körpers. Sie scheint das böse Ereignis von eben schon vergessen zu haben. Es war wie ein Spuk, gottlob nur ein kurzer.

Er hält ihre zarten Hände, führt sie im Kreis herum und schlägt dabei folgende Vorsichtsmaßnahme vor: „Du übernachtest heute Nacht hier im Haus. Es kommt gar nicht in Frage, dass du im Dunkeln heimreitest. Wer weiß, was der Kerl noch alles vor hat, diese Demütigung wird er kaum auf sich sitzen lassen."

Marilyn nickt, auf keinen Fall will sie diesem Banditen noch einmal in die Hände fallen. „Und morgen, wenn wir die Aufräumarbeiten erledigt haben, begleite ich dich nach Hause."

Marilyn strahlt, das gefällt ihr gut. Sie stellt sich auf die Zehenspitzen und küsst ihm das ganze Gesicht.

„Ich mach doch alles, was du sagst, mein Liebster."

Mickey lächelt und drückt sie fest an sich.

Die Feier ist zu Ende, die Musikanten haben ihre Instrumente beiseitegelegt. Sie werden morgen weiterreisen, das Harmonium wird dann auf einen kleinen Wagen geladen, und weiter geht es zum nächsten Ereignis. Zwei Ortschaften weiter gibt es wieder eine Familienfeier, bei der sie aufspielen werden.

Alle Plätze sind belegt, sodass Marilyn im Bett von Helen schlafen wird. Für die und ihren frischgebackenen Ehemann ist ein Platz auf dem Dachboden hergerichtet worden. Bis zur Fertigstellung ihres Hauses in Gillette werden sie hier wohnen.

Mickey sitzt auf dem Bett, Marilyn hat sich unter die Decke gekuschelt. Er beugt sich zu ihr hinunter und gibt ihr einen langen Kuss.

„Gute Nacht, mein Spatz, schlaf gut und träum etwas Schönes."

Sie strahlt ihn an und sagt: „Ich werde von dir träumen, da bin ich sicher." Sie zieht ihn zu sich herunter und flüstert ihm ins Ohr, er kann es kaum hören: „Ich will dir ganz gehören, mein Schatz. Du kannst dir nicht vorstellen, wie sehr ich dich liebe."

Mickey kann kaum klar denken, als er das Zimmer verlässt.

Geoffrey Banks sitzt auf seinem Pferd und reitet durch die Nacht. Er ist aus der Bewusstlosigkeit erwacht und lenkt sein Pferd mit den Beinen, seine Hände sind am Sattelgurt festgebunden, sodass er in einer unangenehm gebückten Haltung reiten muss. Sein ganzer Körper schmerzt, am schlimmsten sind die Verletzungen im Gesicht. Sein Kopf ist in Aufruhr, die Schmach, die er vorhin erleiden musste, bringt ihn fast um den Verstand. Er muss sich widerwillig eingestehen, dass er den Reiter aus Laramie unterschätzt hat, im Kampf Mann gegen Mann kann er nichts gegen ihn ausrichten. Aber er wäre nicht Geoffrey Banks, wenn ihm dazu nicht eine Lösung einfallen würde. Seine Überlegungen spielen skrupellos mit Mord, Betrug und auch Entführung. Er wird den Fremden in einen Hinterhalt locken und dann - halt, da fällt ihm etwas ein. Ein genialer Gedanke entsteht in seinem Verbrechergehirn. Er plant mehrere Tote ein, dass belastet ihn nicht weiter. Im Gegenteil, je länger er darüber nachdenkt, desto besser gefällt es ihm. Jetzt muss er so schnell wie möglich zum alten Breckinridge reiten, und ihn von der Genialität des ersten Teils seines Planes überzeugen. Den zweiten Teil sollte der reiche Sack besser noch nicht kennen....

Auf der Double-Box wird fleißig aufgeräumt. Am schnellsten ist Mickey dabei, umso eher kann er seine Marilyn in die Arme nehmen.

Die Arbeit geht dem Ende zu, Mickey ist endlich fertig. Marilyn trägt eine Hose, ihre übrige Kleidung befindet sich in einer Tasche, die am Sattel ihres Pferdes festgebunden ist, sie sitzt auf einem Stuhl vor dem Haus und sieht dem Betrieb auf der Ranch zu. Mickey kommt auf seinem Pferd zu ihr geritten.

„Hallo, mein Herz, bist du fertig?"

„Schon lange, ich warte nur noch auf dich."

Gemütlich traben sie den Weg hinunter zum Postweg. Heute ist nach den Regentagen der letzten Woche, wieder ein schöner Tag. Es ist trocken, der Boden ist fest, aber noch nicht staubig. Wegen ihrer gemächlichen Gangart dauert es fast eine Stunde, bis sie die Ranch ihres Vaters erreichen.

Der alte Rancher Baker hat es sich zur Mittagspause gemütlich gemacht, er sitzt draußen auf der Veranda im Schatten. Er sieht Mickey kommen und winkt ihn zu sich. „Setz dich zu mir, mein Junge, und erzähl mir von eurer Feier."

Marilyn schickt Mickey eine Kusshand zu und reitet zum Haus. Sie will drinnen für den Nachmittag eine Überraschung für Mickey vorbereiten.

Der setzt sich neben Mark Baker und sieht ihn an. Der alte Rancher stopft sorgfältig seine Pfeife und zündet sie an. Er nimmt ein paar Züge und beginnt zu sprechen: „Ich sehe mit großer Freude, dass ihr beide euch gefunden habt. Marilyn hat offensichtlich die Schatten der Vergangenheit vergessen, ich habe sie noch nie so glücklich gesehen."

„Ja, ich liebe deine Tochter, Mark, ich liebe sie mehr als irgendjemanden sonst."

Der alte Mark Baker schmunzelt, ihm gefällt der junge Mann. „So, mein Junge, nun erzähl mal von der Feier."

Mickey erzählt, er berichtet dem verblüfften Rancher auch von dem Besuch von Geoffrey Banks und von dem Kampf mit ihm.

Der Rancher sieht ihm prüfend ins Gesicht. „Bei dir ist rein gar nichts zu sehen, du hast wohl keine Schramme abbekommen, was?"

Mickey grinst, er hebt seine Hände hoch und zeigt die aufgeplatzten Wunden an den Knöcheln. „Da sieh', das ließ sich nicht vermeiden, es sei denn, ich hätte Handschuhe getragen."

Der Alte grinst und schüttelt den Kopf. „Du bist schon ein Teufelskerl, ich bin froh, dass Marilyn in dir einen tüchtigen Beschützer gefunden hat. Die Ereignisse vor zwei Jahren haben gezeigt, dass man immer auf der Hut sein muss."

Marilyn betritt die Terrasse. Sie hat einen großen Beutel gepackt und sich eine hübsche Bluse angezogen, dazu trägt sie eine Hose, weil das beim Reiten praktischer ist. Sie besitzt auch einen Damensattel für ihr Pferd, darauf hat sie sich jedoch nie wohl gefühlt, sodass sie, wie fast immer, einen normalen Sattel verwendet.

Marilyn strahlt die ganze Zeit, sie führt etwas im Schilde. Dann spricht sie mit ihrem Vater: „Ich werde jetzt mit Mickey zu dem See hinter den Felsklippen reiten. Wir werden erst am späten Abend wieder zuhause sein."

Ihr Vater wiegt bedeutungsvoll den Kopf. „Darauf kannst du dir etwas einbilden, mein Junge, das Fleckchen Erde bekommen nur einige wenige Auserwählte zu sehen. Ich wünsche euch einen schönen Tag."

Marilyn reitet voraus und erklärt Mickey ihren Plan. „Ich habe etwas zum Essen eingepackt, meinem Vater habe ich eine Flasche von seinem Lieblingswein abgeschwatzt. Als ich ihm gesagt habe, dass sie für uns beide sein soll, hat er nicht gezögert, sie rauszurücken. Er stellt sich sonst sehr damit an. Der Wein ist sehr teuer, er lässt ihn sich extra aus Kalifornien kommen."

„Und, was hast du vor?", fragt Mickey neugierig.

Sie lächelt geheimnisvoll vor sich hin. „Das wirst du schon rechtzeitig erfahren, hab noch etwas Geduld." Sie reiten etwa zwanzig Minuten durch einen dichten Wald, zeitweise dringt kaum ein Sonnenstrahl durch die vielen Zweige. Streckenweise ist der Weg auch nur ein Trampelpfad, sie müssen sich im Sattel bücken, um unter den Zweigen hindurch reiten zu können. Schließlich erreichen sie eine Lichtung und Marilyn steigt ab.

„Ab hier müssen wir zu Fuß weitergehen, auf dieser Lichtung können unsere Pferde zurückbleiben und grasen", erklärt sie ihm und drückt Mickey den Sack zum Tragen in die Hand. Sie nimmt sich die Decke, die am Sattel ihres Pferdes angebunden ist. Nach vielleicht fünfzig Schritten treten sie aus den Bäumen heraus. Mickey ist verblüfft, so einen schönen Fleck Erde hat er noch nie gesehen. Vor ihm liegt ein See, er ist etwa zweihundert Yards lang und fast genauso breit. Rundherum ist er völlig von hohen Bäumen oder von Felsen umgeben. Vor ihnen ist eine kleine, grasbewachsene Lichtung, die bis an den See hinunterreicht. Die Sonne steht so, dass sie jetzt die Grasfläche in ein goldenes Licht taucht.

Marilyn strahlt ihn an, als sie sein verblüfftes Gesicht sieht. „Diese Stelle hat mein Vater vor vielen Jahren entdeckt, er ist früher mit meiner Mutter häufig hier gewesen." Sie macht eine kleine Pause und lächelt ihn spitzbübisch an: „Jetzt werden wir es uns hier gut gehen lassen."

Sie breitet die Decke aus und setzt sich darauf. Mickey reicht ihr die Tasche und sie nimmt die mitgebrachten Leckereien heraus. Es ist etwas Brot und etwas Kuchen, dazu die Flasche Wein und zwei Blechbecher. „Gläser habe ich lieber nicht mitgenommen, die würden unterwegs nur zerbrechen."

Mickey ist alles recht, er setzt sich zu ihr auf die Decke und greift gerne zu. Er hat seit dem Frühstück auf der Ranch nichts gegessen und ist – wie er jetzt bemerkt - sehr hungrig. Sie lassen sich den Wein schmecken und genießen die völlige Ruhe und Abgeschiedenheit.

Marilyn trinkt den Becher aus und stellt ihn beiseite. Sie streckt sich lang aus und zieht Mickey zu sich hinunter. Er lässt es gerne zu und erwidert ihren leidenschaftlichen Kuss.

Er fühlt ihre kleine Hand, sie ergreift seine und drückt sie auf ihre Bluse, nun kann er sich nicht länger zurückhalten. Beide entkleiden sich und dann öffnet sie sich für ihn. Als Marilyn einen Schrei von sich gibt, zögert Mickey und fragt leise: „Habe ich dir weh getan?"

„Nein, es ist alles wunderbar", flüstert sie ihm ins Ohr.

Seine Augen gleiten über ihren Körper. Sie ist wunderschön, die Berge und Täler sind genau an der richtigen Stelle. Glücklich liegen sie auf der Decke und halten sich bei der Hand. Marilyn flüstert leise zu ihm. „Ich habe nicht geahnt, dass es so schön sein kann."

Zur Antwort küsst Mickey sie einfach. Sie erheben sich beide und laufen ins Wasser. Der See ist phantastisch, das Wasser ist frisch und klar, der Blick reicht bis auf den steinigen Grund hinab. Die beiden Badenden genießen lachend das köstliche Nass und necken sich mit viel gegenseitigem Spritzen.

Hinterher trocknen sie sich mit dem mitgebrachten Handtuch ab, kleiden sich wieder an und unterhalten sich lebhaft. Immer wieder kann sich einer von beiden nicht zurückhalten und sie küssen sich. So geht das eine Weile, sie albern herum und lachen viel. Marilyn hat große, dunkle Augen, sie greift nach seiner Hand. Wieder dringen ihre lustvollen Schreie in sein Ohr.

Später liegen sie wieder angezogen auf der Decke und genießen den Rest des wunderschönen Tages. Mickey stützt sich auf einen Arm und sieht Marilyn an. „Sag mal, hast du gewusst, dass es heute passieren würde?"

Sie lächelt ihn an und sagt: „Nein, ich hatte es aber gehofft."

„Hast du gewusst, dass du so leidenschaftlich bist?"

„Ich habe es immer geahnt. Und dieses Schwein Geoffrey Banks hat das auch geahnt!" Sie sieht ihn an und ihr eben noch zorniges Gesicht überzieht wieder ein bildschönes Lächeln. „Du hast es weder geahnt noch gewusst. Das macht es dann doppelt so schön." Sie hebt ihren Kopf und gibt ihm einen langen Kuss.

Es ist schon später Abend, als sie auf der Ranch ihres Vaters ankommen. Mark Baker schmunzelt, als er sie sieht. Mickey beobachtet ihn unauffällig, der alte Herr sieht sehr zufrieden aus.

Der Hinterhalt

Der gefesselte Geoffrey Banks erreicht auf seinem Pferd die Strich-B Ranch von William Breckinridge. Die Sonne ist gerade aufgegangen, ihre ersten purpurnen Strahlen sind hinter den Bergen zu sehen und tauchen die Landschaft in ein geheimnisvolles Licht.

Auf der Ranch regt sich nichts, das Haupthaus und die beiden Schlafhäuser der Cowboys liegen still und friedlich da. Geoffrey Banks lenkt sein Pferd auf die hölzerne Veranda und lässt es dort hin und her laufen, das Getrappel schallt laut in das Haus. Es dauert auch nicht lange und ein Fenster wird geöffnet, es ist William Breckinridge selbst, der seinen Kopf herausstreckt.

„Mensch, Breckinridge, komm raus und hilf mir!", ruft der Bandit, „binde mich los von diesem verdammten Gaul."

„Einen Moment müssen Sie schon warten, ich muss mich erst fertig anziehen." Kurz darauf kommt der Rancher heraus und löst die Fesseln, Geoffrey Banks fällt fast aus dem Sattel. Zwei Stunden Ritt in der gefesselten Stellung waren eine schmerzhafte Tortur für seinen Körper.

„Was wollen Sie hier, um diese Zeit? Was ist passiert?", will der Rancher wissen.

„Lassen Sie mich rein, dann erzähle ich es Ihnen."

Geoffrey Banks sitzt in einem Sessel im Wohnzimmer und reibt sich die schmerzenden Handgelenke. Eine Petroleumlampe brennt und taucht den Raum in ein warmes Licht.

„Und nun erzählen Sie, was ist der Grund, warum Sie mich in aller Herrgottsfrühe aus dem Bett holen?"

„Einen Moment, ich muss mich erst einmal sammeln. Haben Sie vielleicht einen Whisky für mich? Dann erzählt es sich leichter."

Brummend holt der Rancher eine Flasche und zwei Gläser aus dem Schrank. Geoffrey Banks hält das Glas mit der goldenen Flüssigkeit vor die Lampe und dreht es nachdenklich. „Sagen Sie, Breckinridge, wer wird eigentlich im Falle Ihres Todes Ihre Ranch und Ihr Vermögen erben? Gibt es irgendwo Verwandte?"

William Breckinridge zuckt zusammen. Was führt dieser Gauner im Schilde? Er fängt an, ihm unheimlich zu werden. Mittlerweile wünscht er sich immer häufiger, er hätte diesen Banks nie zu sich geholt und ihn in seine Geschäfte eingeweiht. „Ja, da ist noch ein entfernter Vetter…"

„Reden Sie doch nicht, es gibt niemanden."

Der Bandit hat leider Recht. Es ist schon länger seine Sorge, was nach seinem möglichen Tode mit der Ranch werden wird. Wenn ihm diese Gedanken kommen, sieht er schon seine

Nachbarn und alle Anwohner aus dem Tal wie Leichenfledderer über seine Ranch herfallen und alles unter sich aufteilen.

Geoffrey Banks bemerkt das Grübeln hinter der Stirn des Ranchers. „Sehen Sie, und genau für diesen Fall habe ich eine perfekte Lösung."

„Ach", der Rinderbaron sieht verblüfft auf, „und wie sieht die aus?"

Geoffrey Banks beugt sich vor und spricht langsam und deutlich. „Zuerst muss dieser Callaghan sterben. Er wird einer Kugel zum Opfer fallen."

„Und wozu das?", fragt der Rancher. Der Reiter aus Laramie hat ihm zwar schon Ärger bereitet, aber umbringen?

„Das ist der erste Schritt. Er muss sterben, damit Marilyn Baker, die Tochter von dem alten Mark Baker, uns willenlos und schutzlos zur Verfügung steht. Und außerdem", er deutet mit dem Finger auf den Rancher, „wird sie im Fall einer Heirat mit Ihnen die reichste Frau im Tal."

„Heirat?"

„Ja, Sie bekommen eine Frau, die ihnen die Kinder gebären wird, die Sie brauchen, um ihre Ranch nicht in fremde Hände fallen zu lassen."

William Breckinridge ist entsetzt über die Kaltblütigkeit des Planes. Auf der anderen Seite scheint er umsetzbar zu sein, gerade wegen der Rücksichtslosigkeit, auf der er basiert.

„Und wenn sie mich nicht heiraten will?"

„Sie will, da können Sie ganz sicher sein. Wenn ihr geliebter Revolverheld erst einmal tot ist, wird sie keinen eigenen Willen mehr haben. Falls doch, gibt es Mittel und Wege, sie unter Druck zu setzen. Haben Sie keine Sorge, wenn ihr Liebling nicht mehr lebt, wird Sie Ihnen willenlos gehorchen."

Geoffrey Banks lehnt sich zurück und freut sich über seinen perfiden Plan. „Das ist doch genial, oder?"

William Breckinridge grübelt über den Vorschlag nach und malt sich schon die Zukunft aus. Er ist jetzt fünfundvierzig, er könnte gut noch einige Söhne zeugen, die dann sein Eigentum verteidigen und vergrößern. Eigene Söhne mit der Waffe in der Hand, dieser Gedanke gefällt ihm. „Was muss ich dabei tun?"

„Das ist ganz einfach. Ich kümmere mich um diesen Callaghan und sorge dafür, dass das Mädchen hierher gebracht wird. Ihre Aufgabe ist es, für die Trauzeugen zu sorgen. Außerdem müssen der Pfaffe und der Bürgermeister so schnell wie möglich hierher kommen. Die beiden haben Sie doch in der Hand, wie ich hörte?"

Das Gehirn von William Breckinridge läuft jetzt auf Hochtouren. Tatsächlich, das könnte klappen, der Bürgermeister ist von ihm abhängig, genauso wie der Pastor. Die werden tun, was er sagt. Trauzeugen könnten zwei von seinen Cowboys sein, er findet Gefallen an dem Plan. Dann fällt ihm ein: „Wie sieht das Mädchen denn aus? Ist sie hübsch?"

„Hübsch ist in ihrem Fall der falsche Ausdruck, sie ist die Schönste hier im Tal, mit der können Sie sich sehen lassen."

Der Rancher überlegt, irgendetwas gefällt ihm noch nicht an dem Vorschlag. „Was haben Sie eigentlich von diesem Plan? Meine Vorteile kann ich erkennen, was springt für Sie dabei raus?"

Geoffrey Banks nippt an seinem Whisky und grinst den Rancher an. „Da sind mindestens drei Punkte, die mir gefallen. Erstens" - er hebt einen Finger, „geht mir dieser Callaghan schon lange auf den Nerv, und zweitens" - er hebt einen weiteren Finger, „bekommt das Mädchen, was sie verdient, denn sie hat mich abgewiesen, und das werde ich nicht hinnehmen!" Seine Stimme ist laut geworden. „Und drittens" – er hebt einen dritten Finger, „werden wir uns sicher noch über ein nettes Honorar einig." Dann fängt er an zu lachen, laut und abstoßend, sodass dem Rancher eine Gänsehaut über den Rücken läuft. Den letzten Teil seines Planes behält der Bandit noch für sich, den muss noch niemand erfahren, der reiche Rancher schon gar nicht.

Auf der Double-Box wird wie immer viel gearbeitet, auch Mickey hat seinen Teil zu schultern. Und immer wieder muss er an Marilyn denken, er liebt sie von ganzem Herzen, und sie erwidert seine Liebe. Sein Herz läuft über vor Glück, wenn er an sie denkt.

Es ertönt Hufgetrappel, ein Reiter erscheint. Mickey kennt ihn nicht, auch seine Jungs haben den Mann noch nicht gesehen. Er stellt sich als Bote des Sheriffs vor. „Mein Name ist Ben Curtiz, ich bin vom Sheriff geschickt worden einen Mickey Callaghan zu finden und ihm eine Nachricht zu übermitteln."

„Okay, Sie haben ihn gefunden, ich bin Mickey Callaghan. Was gibt es?"

„Der Sheriff ist in Gillette bei Marshall Taylor, die beiden wollen wissen, wie es zum Tod von Dusty MacKenzie gekommen ist."

„Das war ganz klar Notwehr, Dusty MacKenzie hat zuerst geschossen", erwidert Mickey verblüfft.

„Das müssen Sie nicht mir erzählen. Sie sollen morgen in das Büro des Marshalls kommen, um ihre Aussage zu Protokoll zu geben."

Mickey ist beunruhigt. Der Junge Falke könnte seine Geschichte bezeugen. Das Problem ist, dass man der Aussage eines Indianers nicht glauben wird. „Gut, ich werde kommen."

Er verabschiedet sich von dem Mann: „Melden Sie sich in der Küche und lassen Sie sich etwas zu essen geben."

Der Reiter verschwindet in der angegebenen Richtung. Mickey geht die Nachricht nicht aus dem Kopf, da ist etwas faul. Es ist nur ein Gefühl, irgendwas stimmt da nicht.

Am frühen Morgen sattelt Mickey sein Pferd Brighty. Das schöne Wetter der letzten Tage scheint erst einmal vorbei zu sein. Die Sonne versteckt sich hinter dunklen Wolken und es weht ein kühler, auffrischender Wind. Mickey zieht seinen gewachsten Umhang über, steckt seine Winchester in das Futteral am Sattel, nimmt sich aus der Küche etwas Proviant mit und reitet in Richtung Gillette, zum Büro des Marshalls.

Die ganze Zeit denkt er an diese Vorladung. War der Überbringer der Nachricht eigentlich echt, kam er wirklich vom Marshall, beziehungsweise vom Sheriff? Er hätte das kritischer hinterfragen sollen.

Mickey lässt sein Pferd einen mäßig schnellen Galopp laufen und kommt gut voran. Er grübelt immer noch über diese dubiose Vorladung nach, als ihm plötzlich der Gedanke kommt, dass das Ganze bestimmt eine Falle ist. Vielleicht steckt dieser Banks dahinter? Je länger er darüber nachdenkt, desto sicherer ist er, dass er direkt in eine Falle reitet.

Misstrauisch geworden, beobachtet er nun die Umgebung. Das flache Land auf beiden Seiten des Weges wird felsiger, kleine Kiefern lösen die hohen Fichten ab. Auf beiden Seiten des Weges steigt das Gelände an, der Weg führt durch eine niedrige Schlucht. Diese Stelle war ihm schon früher aufgefallen. Wenn er sich einen Hinterhalt suchen müsste, würde er sich genau diese Stelle auswählen. Er lässt sein Pferd im Schritt gehen und sieht sich um. Sein Blick sucht sorgfältig den Rand des Abhanges ab. Da! Plötzlich bemerkt er eine kleine Bewegung. Es ist ein Hut, der hinter einem Felsen zu sehen ist. Blitzartig wendet er sein Pferd, reitet ein Stück zurück und findet eine Gelegenheit, um die Böschung hinauf zu reiten. Er treibt sein Pferd an, springt vom Sattel und bringt sich rasch in Sicherheit. Jetzt kracht ein Schuss, der Schütze war jedoch zu langsam, die Kugel pfeift in einiger Entfernung vorbei. Mickey hat Deckung hinter einigen Bäumen und Felsen gefunden. Er bindet sein Pferd an und läuft, so schnell er kann, zu Fuß weiter, die Winchester in der Hand. Am Rande des Abhanges findet er eine ideale Stelle zum Beobachten. Zwischen zwei Felsen ist eine kleine Lücke, durch die er wie durch eine Schießscharte hindurchsehen kann. Er ist gut geschützt, der einzige Nachteil ist die eingeschränkte Sicht. Er schiebt seine Winchester durch die Öffnung und sieht vorsichtig durch den schmalen Spalt.

Wieder löst sich ein Schuss. Dieses Mal ist der Einschlag sehr nahe. Mit schrillem Pfeifen prallt das Geschoss eine Handbreit oberhalb seines Hutes gegen den Felsen. Mickey nimmt ihn ab und kriecht dichter an die Öffnung heran. Zoll für Zoll sucht er jeden Baum und jeden Felsen auf der anderen Seite der kleinen Schlucht ab. Da! Der Lauf eines Gewehres ist hinter einem Baum undeutlich zu erkennen. Er zielt auf genau diese Stelle und wartet ab. Irgendwann muss sich der Schütze bewegen, um einen Schuss anzubringen.

Seine eigene Waffe ist erstklassig ausgerichtet, das Korn ist befeilt, um den letzten noch so kleinen Fehler zu beheben, das Visier ist genau eingeschossen und auch die Höhenkorrektur für diese Entfernung ist richtig eingestellt. Nun muss er nur noch abwarten. Und richtig! Keine fünf Minuten später bewegt sich der Lauf auf der anderen Seite der Schlucht, er schiebt sich langsam nach vorne und ein Kopf ist zu erkennen. Mickey nimmt Druckpunkt, atmet ein, hält die Luft an - und schießt.

Auf der anderen Seite der Schneise, etwa 80 Yards entfernt, fällt das Gewehr hinunter.

Das war der Erste, Mickey hat keine Vorstellung, wie viele Gegner auf ihn lauern. Er kann nicht ausschließen, dass seine Feinde sich von hinten nähern könnten. Er sieht sich sorgfältig um und sucht sein Pferd, zwischen ein paar Bäumen kann er es erkennen. Es ist ruhig, seine Ohren sind entspannt etwas nach vorne gerichtet. Von dort droht ihm im Moment keine Gefahr. Er kontrolliert erneut sorgfältig die Umgebung. Damit er weiter hinaussehen kann, schiebt er sein Gesicht etwas nach vorne.

Peng! Ein Schuss bricht und trifft ganz in der Nähe, ein Steinbrocken spritzt ihm ins Gesicht. Es gibt also mindestens noch einen weiteren Schützen, der ihn bedroht. Er hat sich gemerkt, wo der Schuss hergekommen ist, es ist ein ähnlich guter Standort wie sein eigener, er macht sich auf eine längere Wartezeit gefasst. Er nimmt sich Zeit und wartet geduldig auf eine Bewegung seines Gegners. Sein Gewehr hat er wieder in Richtung des vermutlichen Schützen ausgerichtet. Und immer wieder horcht er hinter sich in den Wald hinein, er kann nichts hören, nur ein leichtes Rauschen des Windes in den Bäumen dringt an sein Ohr, sein Pferd verhält sich immer noch unauffällig.

Als nach einer halben Stunde immer noch nichts passiert ist, erhebt er sich vorsichtig. Er muss etwas unternehmen, vielleicht ist er ganz alleine hier und harrt vergebens aus. Langsam kriecht er zurück und bemüht sich, jedes Geräusch zu vermeiden. Schritt für Schritt schleicht er sich durch den Wald vorwärts, um Felsen und Spalte herum, immer wieder hält er inne, um seine Umgebung abzusuchen. Jetzt ist er genau gegenüber der Stelle, an der er den letzten Schuss beobachtet hatte, sorgfältig und ohne hastige Bewegung sucht er jede Handbreit ab - da! Eine winzige Bewegung irritiert sein Auge, er hebt seine

Waffe, stützt sie auf einen Ast und wartet. Plötzlich bricht ein Schuss, eine Kugel fliegt über ihm durch die Zweige, auf der anderen Seite springt jemand auf und verschwindet im Dickicht. Mickey jagt rasch einen Schuss hinterher, er ist sich nicht sicher, ob er getroffen hat. Und wieder kriecht er mühsam durch das dichte Gestrüpp, um seinen Widersacher zu finden. Er hört Hufgetrappel, es sind zwei Reiter, die sich von ihm entfernen. Wer kann das sein? Sind jetzt alle seine Gegner fortgeritten? Ist jemand zurückgeblieben und wird nur Verstärkung geholt? Er kommt leider nicht umhin, seine Suche gründlich fortzusetzen.

Es dauert wohl noch eine weitere Stunde, dann hat er jeden Winkel der Schlucht abgesucht. Er findet niemanden mehr, der Wald ist still, lediglich der zunehmende Wind rauscht in den Blättern.

Mickey sucht noch die Stelle ab, von der aus zuerst auf ihn geschossen wurde. Dort liegt ein Unbekannter mit einem Kopfschuss auf dem Boden. Der Fremde ist jetzt ein weiteres Opfer in der langen Reihe anderer Toter, die er auf dem Gewissen hat. Mickey unterdrückt aufkommende quälende Gedanken. Wenn er nicht geschossen hätte, läge er jetzt hier mit einem Loch im Kopf. In der Nähe findet er ein einsames Pferd, er bindet den toten Mann auf dem Sattel fest und lässt dessen Pferd ihm nach Gillette folgen.

Im Gefängnis

Sein Weg führt ihn direkt zum Büro des Marshalls. Er bindet Brighty und das Pferd mit dem Toten auf dem Sattel draußen fest und tritt durch die Tür.

Zu seinem großen Erstaunen findet er dort den Marshall - und Geoffrey Banks! Was hat das zu bedeuten?

Beide drehen sich zu ihm herum. Geoffrey Banks sieht ihm nicht in die Augen, er presst die Zähne zusammen und blickt irgendwo hin. Er hat eine frische Wunde am Arm, die notdürftig verbunden worden ist. Aha, denkt Mickey nicht ohne Genugtuung, ich scheine wohl doch getroffen zu haben. Außerdem verunstalten ihn die Wunden, die ihm Mickey bei der Schlägerei auf der Hochzeitsfeier zugefügt hat. Die Augenbraue ist blutverkrustet, die Lippe ist noch angeschwollen.

Der Marshall wendet sich an Mickey. „Gut, dass du gekommen bist, Mickey, ich hätte dich sonst holen müssen."

„Ich bin auf deine Vorladung hingekommen, hast du das vergessen?"

„Vorladung?", fragt der Marshall, „ich habe dich nicht gerufen."

Na also, denkt Mickey, die Falle galt also wirklich ihm. „Und warum wolltest du mich nun holen lassen?"

„Das hat mehrere Gründe, es liegen eine Menge Anschuldigungen gegen dich vor, denen ich nachgehen muss."

Mickey staunt und ist zunehmend beunruhigt, vor allem, weil Geoffrey Banks dabei ist, die Anwesenheit dieses Kerls bedeutet immer Ärger.

Der Marshall sieht zu Geoffrey Banks hin und fängt an aufzuzählen: „Zuerst war es der Tod von Dusty MacKenzie, der unklar ist. Laut Aussage dieses Zeugen hast du ihn vorsätzlich erschossen."

„Der und Zeuge!", ruft Mickey, „der Mann ist der größte Verbrecher hier in der Gegend!"

Der Marshall hebt die Hände. „Moment, Moment! Ich kann nur das bewerten, wofür mir Beweise vorliegen. Und im Fall von Dusty MacKenzie habe ich diesen Mann als Augenzeugen."

„Und was ist mit dem Indianer, dem Jungen Falken?", fragt Mickey. „Er ist bei mir gewesen und kann meine Aussage bestätigen!"

Der Marshall schüttelt den Kopf. „Du erwartest doch nicht etwa, dass ich einem indianischen Trunkenbold mehr glaube als Mister Banks? Das kann nicht dein Ernst sein!"

Mickey ist verblüfft und verärgert. Der Marshall hat leider Recht, er hat außer dem Jungen Falken keinen weiteren Zeugen. Der Marshall fährt fort: „Wie mir Geoffrey Banks gerade berichtet hat, warst du es, der diesen Mann"- er zeigt mit dem Finger zum Fenster hinaus - „der diesen Mann aus einem Hinterhalt erschossen hat."

„Hinterhalt! Das ist nicht zu fassen! Ich wäre heute Morgen in genau diesem Hinterhalt beinahe selbst erschossen worden! Glaubst du ernsthaft, dass ich den Toten, den ich ermordet haben soll, hierher zu dir bringe?"

Der Marshall zuckt mit den Schultern. „Es tut mir leid, es gibt zwei Zeugen dafür, einer davon ist dieser Gentleman hier."

Der »Gentleman« nickt und erklärt: „Mein Kumpel ist jetzt im Saloon, auf den Schreck von vorhin musste er erst etwas trinken, Mister Callaghan hat ihn nur um Haaresbreite verfehlt."

Geoffrey Banks lispelt und spricht undeutlich. "Ich habe dem Marshall alles haarklein erzählt", beteuert der Verbrecher.

Mickey kann sich ein Schmunzeln trotz der angespannten Situation, in der er sich befindet, nicht verkneifen. Die ausgeschlagenen Zähne werden den Verbrecher bis an das Ende seines Lebens an seine Niederlage erinnern.

„So ist die Sachlage", fährt der Marshall fort, „und du hast dagegen keinen einzigen Zeugen. Nach Lage der Dinge muss ich dich jetzt in Gewahrsam nehmen."

Mickey ist entsetzt. Jedenfalls für diesen Moment ist Geoffrey Banks im Vorteil. Er zermartert sich das Gehirn, um eine Lösung zu finden.

Der Marshall wendet sich jetzt an ihn: „Wenn ich dann um deine Waffen bitten dürfte?"

Nur sehr widerwillig gibt Mickey ihm seine beiden .44er. Der Marschall nimmt sie und schließt die Revolver in einen Schrank ein.

„Ich hole mir gleich noch deine Winchester von draußen. Jetzt schließe ich dich erst einmal ein, sonst kommst du noch auf dumme Gedanken."

Er richtet seinen Revolver auf Mickey und dirigiert ihn nach hinten zu den beiden Zellen, öffnet eine und schiebt Mickey hinein. Quietschend fällt die Tür zu und der Marshall versperrt die Zelle mit einem starken Schloss. Er sieht Mickey an: „Ich werde jetzt den Sheriff und den Richter informieren. Sie werden darüber befinden, wie es mit dir weitergehen soll, es müssen zum Beispiel die Zeugenaussagen überprüft und gegebenenfalls muss nach weiteren Beweisen gesucht werden. Bis der Richter ein Urteil fällen kann, können durchaus noch ein paar Wochen verstreichen." Er sieht Mickey Callaghan noch ernst an: „Wir mögen hier keine Revolverhelden, schon gar nicht, wenn sie uns unsere Bürger erschießen!" Er zögert einen Moment und fährt fort: „Dein Pferd sollte jemand zum Mietstall bringen. Gibt es hier jemand, den ich benachrichtigen soll?"

Mickey denkt nach. „Lass bitte den Redakteur John Clarkdale holen, er ist der Schwiegersohn meines Chefs. Dem kann er dann später berichten, was mir passiert ist."

Der Marshall brummt eine Zustimmung, wendet sich von Mickey ab und verschwindet auf knarrenden Dielen in sein Büro.

Er hört dann noch, wie er mit Geoffrey Banks spricht. „Es geht nun alles seinen geregelten Weg, Mister Banks. Mr. Callaghan wird noch mindestens zwei Wochen in Haft bleiben, dann sehen wir weiter."

Jemand lacht laut und boshaft, sodass es Mickey kalt über den Rücken läuft. Was hat der Marshall eigentlich gegen ihn? Vielleicht ahnt er seine wilde Vergangenheit und weiß nicht, auf welcher Seite des Gesetzes er jetzt steht.

Geoffrey Banks ist fast zufrieden mit sich. Die Sache mit dem Hinterhalt hat nicht geklappt, er hat schon wieder einen Mann verloren, aber so wie es jetzt gelaufen ist, ist es eigentlich noch besser. Dieser Callaghan ist außer Gefecht gesetzt und er wird nicht zulassen, dass er jemals das Gefängnis lebend verlässt. Nun muss er dafür sorgen, dass Marilyn Baker entführt wird, bevor sie erfährt, dass Mickey im Gefängnis sitzt. Sie muss glauben, dass der tot ist, sonst funktioniert sein Plan nicht.

Er verlässt das Büro des Marshalls und geht zu seinem Kumpel, der sich im »Red Bull« vor einem Glas Whisky niedergelassen hat. Er setzt sich zu ihm an die Bar und bestellt sich ebenfalls einen Schluck zu trinken.

„Archie, alter Junge, hör gut zu. Ich habe eine Aufgabe für dich und Hanky." Geoffrey Banks hat Mühe deutlich zu sprechen, und lispelt zwischen seinen Zahnlücken hindurch, „Ihr beide müsst euch um die kleine Baker kümmern, ihr müsst sie gefangen nehmen, und auf dem schnellsten Weg zu William Breckinridge bringen."

Archie grinst, eine bösartige Grimasse überzieht sein Gesicht. „Die kleine Maus? Die kommt uns gerade recht", er lacht laut.

Geoffrey herrscht ihn an. „Gefangen nehmen, habe ich gesagt! Ihr dürft sie nicht anrühren! So wie ich gehört habe, reitet sie fast jeden Tag von ihrer Ranch zu der von diesem Overbeck, um ihren Schatz zu besuchen. Auf dem Weg dorthin müsst ihr sie abfangen. Haltet sie bis zur Dunkelheit versteckt, und bringt sie dann zur Ranch von Breckinridge. Und bringt ihr bei, dass Callaghan tot ist. Und -", er macht eine Pause, „lasst die Finger von ihr! Nur gefangen nehmen, habt ihr mich verstanden? Wenn ich höre, dass einer von euch sie angefasst hat, lernt ihr mich kennen!"

Den letzten Teil hätte er liebend gerne selbst erledigt, er muss jetzt rasch Breckinridge aufsuchen, damit der Plan ohne Fehler ausgeführt wird. Dieses Mal darf nicht wieder etwas schiefgehen!

Er wirft dem Barmann ein Geldstück auf die Theke und verlässt den Saloon.

Auf der anderen Straßenseite sitzt der Junge Falke, er hat nur scheinbar geschlafen. Unter fast geschlossenen Augenlidern hindurch hat er die Vorgänge vor dem Büro des Marshalls genau beobachtet. Er steht auf und schlurft, in eine Decke gehüllt, unauffällig in Richtung Gefängnis.

Mickey sitzt in seiner Zelle auf der Pritsche und starrt düster vor sich hin. „Verdammt! Jetzt stecke ich wirklich in der Patsche!", schimpft er mit sich. Wenn es ihm nicht gelingt, Zeugen zu finden, die seine Version bestätigen, oder andere Beweise, wie zum Beispiel Spuren, dann sieht es schlecht für ihn aus. Verdammt! Und er sitzt hier fest, so wie Geoffrey Banks es zweifellos geplant hat. Er kann nur hoffen, dass John Clarkdale bald auftaucht, damit dieser seinen Chef, Tippy Overbeck, benachrichtigt. Er kann jetzt Hilfe von allen Seiten gebrauchen.

Mickey sitzt auf der Pritsche und hängt seinen trüben Gedanken nach. Ein Laut reißt ihn aus seiner gedrückten Stimmung. „Hallo, Mister Mick!"

Mickey sieht hoch. An der Rückwand der Zelle ist oben eine vergitterte Öffnung, die auf einen Hinterhof zeigt. Und dort erblickt er das dunkle Gesicht des Indianers.

„Mensch, Junger Falke! Du glaubst nicht, wie froh ich bin, dich zu sehen"!

Der Indianer hält einen Finger vor den Mund. „Psst! Nicht laut, Marshall im Büro." Er flüstert: „Junger Falke haben Geoffrey Banks vorhin gesehen, wenn kommt. Dann du später kommen mit Toten auf Pferd."

Mickey ist froh, es ist doch immer wieder schön, wenn man Freunde hat, auf die man sich verlassen kann. Er bittet den Jungen Falken, den Spieler aus dem Cattlemen's Palace, sowie den Schmied, zu informieren. Der Indianer verschwindet genauso lautlos, wie er aufgetaucht ist.

Keine Viertelstunde später hört er wieder Geräusche durch das vergitterte Fenster dringen. Es ist Peter O'Connell, der Schmied. „Was machst du denn da drin?"

Mickey antwortet trocken: „Hatte gerade nichts anderes zu tun, dachte, ich seh' mir mal das Gefängnis von innen an." Dann wird er lauter. „Was glaubst du wohl? Ich bin nicht freiwillig hier."

Peter steht auf dem Holzstapel und sieht durch das Gitter in die Zelle hinunter. „Nun red' schon, bevor mich hier draußen jemand sieht!" Sein Freund ist aus dem Häuschen. „Das ist ja eine schöne Scheiße! Wie kriegen wir dich denn da wieder raus?"

„Gute Frage, »raus« ist das Stichwort, ich kann hier unmöglich noch zwei Wochen festsitzen. Am Ende lande ich noch am

Galgen! Nein, ich muss jetzt unbedingt etwas unternehmen, bevor alles zu spät ist."

Eine Stimme nähert sich. „Ich hatte so ein tolles Blatt, wenn das jetzt nicht wichtig ist, ist was los!"

Der Junge Falke ist wieder da, er hat Matthew Richmond dabei. Matthew steigt auch auf den Stapel und sieht durch die Gitter auf Mickey hinunter. „Gütiger Himmel! Was ist dir denn passiert? Ich dachte schon, der Junge Falke redet wieder im Delirium."

Mickeys Freude ist groß, seine Freunde hier zu sehen. „Wir müssen jetzt unbedingt und schnell einen sicheren Plan entwerfen, ich muss hier heute noch raus."

Der Schmied sieht sich mit fachmännischem Blick die Gitter an. Das Eisen ist sehr stabil, es ist jedoch in Adobeziegel eingemauert, das sind Ziegel aus getrocknetem Lehm, und die sehen nicht sehr fest aus.

„Die Gittertür können wir vergessen. Die ist sehr stabil, außerdem könnte vorne, von der Straße aus, eher jemand etwas mitbekommen, als hier hinten."

Die beiden anderen nicken und geben ihm recht. Der Junge Falke meldet sich: „Ich vorhin hören Gespräch von Geoffrey Banks mit Mann, sprechen über Marilyn Baker."

Mickey erstarrt. „Um Gottes willen! Marilyn!" Etwas Furchtbares läuft irgendwo ab und er kann nichts dagegen tun. „Bitte! Einer von Euch muss so schnell wie möglich zur Ranch von Mark Baker reiten und Marilyn informieren, dass ich hier im Gefängnis bin und sie in Gefahr sein könnte. Das ist ganz wichtig! Ich habe das Gefühl, dass ihr etwas passieren wird."

Matthew Richmond meldet sich. „Ich werde sofort losreiten und sie benachrichtigen."

„Und was ist mit deinen Karten?", fragt ihn Mickey mit einem Grinsen, trotz der ernsten Situation.

„Karten, was sind schon Karten! Glaubst du, ich lasse mir so ein spannendes Abenteuer entgehen?"

„Junger Falke", fragt Mickey, „kannst du dich um mein Pferd kümmern? Es ist noch draußen an der Straße angebunden. Wenn es mit dem Ausbruch heute Nacht klappen sollte, hätte ich es gerne hier hinten."

Der Junge Falke nickt. „Okay", lautlos entfernt er sich.

„Und du", wendet sich Mickey an Peter O'Connell, „du musst mir Waffen besorgen, meine sind vorne beim Marshall eingeschlossen. Ich weiß nicht, ob die Schlösser sich leicht öffnen lassen, Ich brauche unbedingt zwei Revolver und passende Munition."

Der Schmied denkt nach, „gut, ich sehe mir das mal an, auf jeden Fall wirst du heute Nacht ein paar Waffen haben."

Mickey fällt noch etwas ein. „Wenn du jetzt bei John Clarkdales Zeitung vorbeikommst, frag mal, wo er bleibt. Ich habe den Verdacht, als wenn der Marshall ihn nicht benachrichtigt hat."

Peter O'Connell nickt. „Okay, Mickey, wird gemacht, mach dir keine Sorgen, heute Nacht wirst du befreit. Diesen Geoffrey Banks erwischen wir auch, dann werden wir für Klarheit sorgen." Er ballt seine mächtige Hand zur Faust und schüttelt sie, dann verschwindet er.

Mickey ist wieder allein. Die Zelle ist schmutzig, es riecht modrig. Es wird dunkel, im Büro leuchtet eine Lampe. Die Zelle wird durch das kleine Fenster an der Wand mit dem Rest des schwindenden Tageslichtes versorgt. Er kann dort sogar ein Stück Himmel sehen, er ist immer noch grau und trübe, das passt gut zu seiner Stimmung. Nicht ganz - nach dem Besuch seiner Freunde ist seine Stimmung erheblich gestiegen. Mit vereinten Kräften werden sie diesen Banditen das Handwerk legen. Wenn nur Marilyn nichts passiert, ein Schreck durchzuckt ihn, als er an sie denkt. Hoffentlich passiert ihr nichts, das könnte er nicht ertragen!

Matthew Richmond lässt sein Pferd laufen. Es ist jung, gut in Form und trägt nun flott seinen ungeduldigen Reiter in Richtung der Double-M Ranch. Er kann gelegentlich, neben anderen Abdrücken, frische Hufspuren auf dem sandigen Weg erkennen. Manchmal, an windgeschützten Stellen, hängt noch etwas Staub in der Luft.

Vom Jungen Falken hat er mit mitbekommen, dass von Geoffrey Banks zwei Männer zu der Double M Ranch geschickt worden sind, das ist jetzt eine halbe Stunde her.

Die Männer, die er verfolgt, sind vor ihm, sie haben keinen großen Vorsprung. Er kommt am Abzweig zur Double-Box vorbei, gleich geht es zur Ranch der Hendersons, es ist also nicht mehr weit. Es beginnt dunkel zu werden, vielleicht ist er schon zu spät. Dunkle Wolken bedecken den Himmel, falls ein Mond scheinen sollte, ist nichts von ihm zu sehen.

Er reitet um einen bewaldeten Hügel herum und erreicht eine kleine Senke. Am Ende des kurzen Tales erkennt er die Reiter. Er sieht auch einen kleinen Einspänner, den sie offensichtlich angehalten haben. Er sucht rasch nach einer Deckung, die Gauner dürfen ihn auf keinen Fall sehen, gegen zwei von ihrer Sorte hat er, trotz seines Revolvers, kaum eine Chance. Gegen zwei skrupellose Verbrecher kann er nur wenig damit ausrichten.

Er führt sein Pferd in den Wald, steigt ab, und versucht das Geschehen auf dem Weg zu erkennen. Die beiden Reiter kommen näher, sie führen den kleinen Wagen mit sich. Marilyn sitzt auf dem Bock, einer der beiden Männer hat sich zu ihr gesetzt, der Andere reitet nebenher und führt das nun reiterlose Pferd seines Kollegen mit sich. Der Mann auf dem Wagen spricht mit dem Mädchen und bedroht sie mit der Waffe.

Die beiden Reiter und der Wagen verschwinden hinter einer Biegung, Matthew verlässt sein Versteck und folgt vorsichtig der Gruppe. Er bleibt so weit zurück, dass er nicht bemerkt werden kann, denn das wäre das Dümmste, was ihm jetzt passieren könnte: Eine Schießerei, ein toter Kartenspieler, damit ist Mickey herzlich wenig gedient. Dem Mädchen scheint nichts passiert zu sein, es sieht wie eine Entführung aus. Was mögen diese elenden Verbrecher vorhaben? Es ist jetzt beinahe dunkel, Matthew folgt dem Getrappel der Hufe und dem Poltern der Räder des Wagens. Etwa eine Meile vor Gillette biegen sie in einen wenig benutzten Weg ein. Er wartet, bis sie abgebogen sind, und folgt ihnen weiter. Nun ist es dunkel, die Verfolgung wird immer schwieriger. Wo mögen sie nur hinwollen? Matthew weiß, dass hier niemand wohnt. Der Weg ist schlecht und die Gruppe mit dem Wagen kommt nur noch langsam vorwärts.

Matthew versucht sich die Lage des Tales und der Bewohner in dieser Gegend in sein Gedächtnis zu rufen. Sie erreichen die Furt durch den Brazos River. Den Pferden reicht das Wasser bis an den Bauch, bei dem Wagen geht das Wasser etwas über die Achsen. Wasser spritzt bis zum Sitz des Wagens hinauf und nässt das Kleid der jungen Frau.

Der Brazos River! Richtig! Das Land dahinter gehört William Breckinridge, sie wollen anscheinend zu dem Rinderbaron. Aber warum? Das ergibt doch gar keinen Sinn! Matthew zermartert sein Gehirn und folgt der Gruppe noch etwa eine Meile. Bisher reiten sie immer noch unverändert in Richtung der Ranch des reichen Ranchers. Nein, es gibt keine andere

Möglichkeit, hier wohnt sonst niemand. Er hat zwar keine Idee wieso, aber nur die Strich-B Ranch kann das Ziel sein. Er wendet sein Pferd und reitet so schnell er kann nach Gillette. Gottlob findet sein Pferd den Weg auch in der Dunkelheit, je eher Mickey von der Entführung erfährt, desto besser. Wenn einer eine Idee hat, dann ist es der Reiter aus Laramie.

Matthew erreicht den Ort. Es ist stockfinster, er kann die Hand nicht vor Augen sehen. Ab und zu ist hinter einem Fenster der Schein einer Petroleumlampe zu sehen und wirft einen honiggelben Fleck auf die Straße. Sein Pferd spürt den Weg, zu Fuß wäre er garantiert schon irgendwo gegengelaufen. Mit viel Mühe findet er den Weg zum Gefängnis, er steigt ab und tastet sich hinter das Gebäude. Meter für Meter kommt er voran, dann hat er das Gitter gefunden, hinter dem sein Freund sitzt. Er ruft leise. „Mickey!"

„Ja?", kommt es aus der Zelle.

„Ich bin es, Matt, ich muss dir erzählen, was ich eben erlebt habe."

„Ich bin ganz Ohr", flüstert Mickey, er ahnt nichts Gutes.

Matthew steigt leise auf den Holzstapel, der hinter den Zellen an der Wand aufgeschichtet ist und erzählt Mickey sein Erlebnis. Er beschreibt die Entführung von Marilyn und wie sie von zwei Männern in die Nähe der Breckinridge Ranch gebracht worden ist. „Was mögen die nur vorhaben?", fragt er seinen Freund.

Mickey muss sich zur Ruhe zwingen, es nützt niemandem, wenn er jetzt die Nerven verliert. Die Hauptsache ist, dass Marilyn nichts passiert, wenn sie nur am Leben bleibt! „Das hast du Klasse gemacht, Matthew! Du könntest jetzt mal herausfinden, wo Peter und der Junge Falke bleiben, ich halte das hier nicht mehr lange aus!"

Matthew nickt, dann fällt ihm ein, dass Mickey das Nicken nicht sehen kann und er flüstert: „Keine Sorge, ich kümmere mich sofort darum." Er verschwindet in der Dunkelheit, Mickey hört noch ein paar Schritte, dann ist es wieder ruhig. Völlige Stille und rabenschwarze Finsternis umgeben ihn.

Mickey sitzt auf einem schwach nach Urin stinkenden Strohsack auf der Pritsche und wartet. Gerade sind Stimmen und die Schritte von einigen Männern auf der Straße verklungen, als er ein leises Klopfen an der Rückwand hört. Dann eine leise, tiefe Stimme: „Mickey, hallo."

Sofort ist er hoch und stellt sich auf die Zehenspitzen, um besser hören zu konnen. Zu sehen ist nichts, es ist völlig dunkel.

„Ich bin es, Peter", hört er die Stimme des Schmiedes. „Tritt etwas von dem Gitter zurück, ich werde versuchen, es herauszubrechen."

Mickey tut, wie ihm geheißen. Er hört Eisen auf Eisen schlagen, dann knirscht etwas heftig. Es knistert und knackt im Mauerwerk, Peter stöhnt aus seiner mächtigen Brust. „Jetzt habe ich es gleich", hört Mickey, sein Freund keucht und stöhnt. „Vorsicht!", ruft er jetzt. Es poltert, Ziegelsteine fallen auf den Boden der Zelle, er spürt Staub in der Nase. „Geschafft, jetzt kannst du rauskommen."

Mickey tastet sich zu der Öffnung und fühlt eine Hand, er greift nach ihr und hält sie fest. Es fällt dem starken Schmied nicht schwer, ihn durch das Loch zu ziehen. Mickey klettert aus der Öffnung, die eben noch von einem Gitter verschlossen war, auf den Holzstapel hinunter und tastet sich an der Wand entlang.

„Pass auf, hier steht noch das Gitter", hört er seinen Freund flüstern. Mit den Händen tastend, schleichen sie an der Wand entlang, bis sie den Weg nach hinten finden. Kein Lichtschein dringt zu ihnen, Mickey stolpert und fällt über den Abfall, der hier hinten liegt. Dann stößt er gegen seinen Freund, der stehengeblieben ist.

Peter spricht leise zu ihm: „Der Junge Falke wollte mit den Pferden hier hinten auf uns warten. Wir müssen jetzt ganz leise sein, bis wir ein Zeichen von ihm hören."

Sie bleiben nun beide stehen und lauschen in die Dunkelheit. Sie hören in der Nähe Stimmen. Wenn sie nur keiner erkennt! Sie halten den Atem an und verhalten sich mucksmäuschenstill.

Da! Eine Katze maunzt, ist es der Junge Falke oder eine echte Katze? Wieder hören sie die Katze. Langsam und vorsichtig gehen sie auf das Geräusch zu, Mickey hört ein Pferd schnauben. Es ist Brighty, der zu ihm kommt und an seiner Schulter schnuppert. Mickey sitzt auf, er und Peter folgen dem Jungen Falken, der sie jetzt durch die Dunkelheit führt. Als sie den Ort hinter sich gelassen haben, können sie sich wieder normal verständigen. Peter wendet sich an Mickey: „Am Sattel sind zwei Revolver und ein Gewehr befestigt, die Waffen sind von mir, denn ein Einbruch im Schrank des Marshalls hätte zu viel Aufsehen erregt. Munition findest du in der Satteltasche."

Mickey ist froh, wieder frei zu sein und etwas unternehmen zu können. In der Zelle festzusitzen, und zu wissen, dass Marilyn den Verbrechern ausgeliefert ist, hätte er nicht lange ausgehalten.

„Ach ja", fährt sein Freund fort, „ich habe mit John Clarkdale gesprochen, er wusste von nichts. Er ist nun auf dem Weg zur Double-Box und will auch zur Double-M reiten, Mark Baker weiß vielleicht noch gar nicht, dass seine Tochter entführt wurde. Wir müssen alle Männer, die wir finden können, mobilisieren."

Mickey fühlt sich nun sehr viel zuversichtlicher als noch vorhin in der Zelle. „Was hätte ich nur ohne euch getan? Das kann ich niemals wieder gut machen."

„Mach dir darüber keine Sorgen, da fällt uns ganz sicher etwas ein", bemerkt Peter zuversichtlich.

Mickey kommt noch ein Gedanke: „Von Matthew Richmond habe ich erfahren, dass Marilyn Baker anscheinend auf die Ranch von William Breckinridge verschleppt worden ist, es scheint mir am besten zu sein, wenn wir mit allen Cowboys dorthin reiten. Ich werde den Jungs entgegen reiten, dann werden wir uns absprechen, wie wir weiter vorgehen. Auf der Ranch von Breckinridge sind über zwanzig Reiter, da können wir einzeln nur wenig ausrichten."

Die Frau des Rinderbarons

Es ist mitten in der Nacht und stockfinster. Marilyn Baker sitzt auf dem Bock ihres Einspänners, dieser schreckliche Kerl sitzt immer noch neben ihr und hält sie fest. Sein Griff ist sehr kräftig und schmerzt. Sie hat schon ein paar Mal versucht, ihre Hand loszureißen, es gab für sie nicht den Hauch einer Chance. Der Bandit lachte dann laut: „Du bist mir ja eine hübsche Wildkatze!", und berührte sie dann mit seiner groben Hand. Was hat man mit ihr vor? Wenn die Männer sich an ihr hätten vergehen wollen, hätten sie nicht gewartet. Wozu der weite Weg?

Sie erreichen eine Ranch, auf dem Hof leuchtet eine Lampe. In dem schwachen Schein kann sie über dem großen Tor das Zeichen der Strich-B Ranch erkennen. Die Ranch von Breckinridge? Was soll denn das? Was haben die Männer vor? Ratlosigkeit und Verzweiflung machen sich in ihr breit.

Der Wagen hält unmittelbar vor dem Haupteingang des Ranchhauses. Die beiden Männer sind abgestiegen und zerren sie nun vom Wagen herunter. Die Tür zum Haus öffnet sich und William Breckinridge kommt heraus, gefolgt von Geoffrey Banks. Als sie den Verbrecher erkennt, ist sie entsetzt, es befällt sie eine furchtbare Angst.

Geoffrey Banks sieht kurz zu ihr hin, blickt dann zu seinen beiden Männern und fragt: „Habt ihr der Schlampe schon erzählt, dass Mickey Callaghan tot ist?"

Marilyn hört nur »tot« und ein furchtbarer Schrecken durchfährt sie. Oh Gott, das kann doch nicht sein! Mickey soll tot sein? „Mickey kann nicht tot sein!", hört sie sich rufen. „Nein, ihr lügt!"

Geoffrey Banks ist jetzt keine Spur freundlich, sein hübsches Gesicht ist verkniffen, immer noch blutverkrustet, der Bart ist zerzaust und eine schwarze Locke klebt ihm wie ein teuflisches Zeichen auf der Stirn. Er sieht zu ihr hin und spricht langsam und eindringlich: „Mickey Callaghan ist gestern in einem Hinterhalt erschossen worden, du kannst meine Männer fragen, wenn du mir nicht glaubst."

Marilyn sackt in sich zusammen, sofort fließen Tränen. Mickey ist tot, Mickey ist tot! Das ist das Schlimmste, was sie sich vorstellen kann. Bis vor ein paar Stunden war sie so glücklich, und nun das! Ohne Mickey macht das Leben keinen Sinn mehr, sie schluchzt immer heftiger, ihr schmaler Körper wird von Weinkrämpfen geschüttelt.

Sie bekommt nicht mehr mit, dass William Breckinridge zu ihr tritt und sie ansieht. „Doch, wirklich, sie ist sehr hübsch, mit der kann ich mich sehen lassen. Hoffentlich hört sie bald mit diesem Geheule auf, was soll das für einen Eindruck bei der Hochzeit machen?"

Marilyn bekommt das in ihrem Schmerz nicht mit. Sie wird in ein dunkles Zimmer gesperrt, sie liegt jetzt auf einem Bett und weint leise vor sich hin. Was soll sie jetzt tun? Was kann sie tun? Warum sollte sie überhaupt irgendetwas unternehmen? Jetzt, da der Sinn ihres Lebens verloren gegangen ist. Entsetzliche Trauer ergreift sie, sie weint, liegt auf dem Bett und möchte nur noch sterben.

Der neue Tag bricht an, die ersten rosa Strahlen der Morgensonne sind am Himmel zu sehen und beleuchten das Tal mit blassem Schein. Marilyn hört Geräusche auf dem Hof, jemand klopft an ihre Tür. „Miss Baker! Frühstück!", hört sie von draußen, es klappert im Schloss, die Tür wird geöffnet und William Breckinridge tritt ein. „Guten Morgen, meine Schöne! Haben Sie gut geschlafen?" Er ist gut gelaunt oder tut wenigstens so, er versucht offenbar, sie aufzuheitern. Marilyn will in Ruhe gelassen werden, sie will nicht essen und sie will nicht sprechen. Sie will nur hier liegen und um ihren toten Geliebten trauern.

Mickey reitet auf dem alten Postweg zur Double-Box von Tippy Overbeck, da sieht er in der Ferne eine Schar von Reitern auf sich zukommen, es sind die Jungs von der Double Box, allen voran Jimmy Buskop. Sie sind froh, ihn zu sehen. „Mensch, Mickey, ich habe gehört, du sitzt im Gefängnis?", fragt Jimmy. „Erzähl mal."

Und Mickey berichtet. Seinen Männern vergeht die Freude über das Wiedersehen, als er von dem Hinterhalt erzählt, von seiner Verhaftung und von der Entführung von Marilyn Baker.

„Und was machen wir nun?", fragt Jimmy.

Mickey erläutert seinen Plan, den er sich auf dem Weg hierher ausgedacht hat. „Wir müssen unbedingt gemeinsam zuschlagen, die Übermacht von Breckinridges Leuten ist sonst zu groß. Wir werden deshalb jetzt zu seiner Ranch reiten und uns dort in der Nähe verstecken. Einer von uns muss hierbleiben, er muss die Reiter von der Double-M abfangen und ihnen von diesem Plan berichten."

Jimmy nickt und bestimmt dann einen von ihnen, der zurückbleiben soll. Mickey fährt fort, seinen Plan zu erläutern: „Wir müssen herausfinden, was man dort mit Marilyn vorhat, das ist für mich im Moment das Wichtigste. Wenn es heute Abend dunkel wird, werden wir zuschlagen."

Mickeys Plan findet allgemeine Zustimmung. Der Reiter, der zur Information der Cowboys von der Double-M Ranch zurückbleiben muss, macht ein betrübtes Gesicht, er wäre auch gern mit den anderen geritten, einer muss diese wichtige Aufgabe jedoch übernehmen.

Die Cowboys reiten zur Breckinridge Ranch. Da ihre eigentliche Arbeit erst in der nächsten Nacht beginnen kann und auch nicht, bevor die Reiter von der Double-M zu ihnen gestoßen sind, haben sie es nicht eilig. Mickey dagegen kann es kaum erwarten, die Ranch zu erreichen. Sein Schatz ist dort offensichtlich in großer Gefahr, er muss unbedingt wissen, was dort vorgeht. Am liebsten würde er in das Farmgebäude stürmen, jeden erschießen, der sich ihm in den Weg stellen sollte und nach Marilyn suchen. Sein Verstand hält ihn zurück, es ist vernünftiger und sicherer, planvoll vorzugehen.

Marilyn liegt immer noch in dem Zimmer. Sie hat weder zum Frühstück noch zu Mittag gegessen. Eigentlich möchte sie nie wieder etwas essen, sie möchte nur sterben.

Eine alte Frau kommt herein, sie bringt Bürste, Kamm und Waschschüssel mit. Was geht hier vor, fragt sich Marilyn wieder mal, sie kann nicht verstehen, was diese Leute von ihr wollen. Was hat sie für eine Bedeutung? Sie, die Tochter von Mark Baker, von einem der kleinen Rancher hier im Tal?

Die Frau spricht nicht mit ihr, sie scheint Mexikanerin zu sein. Marilyn versucht es mit den spanischen Brocken, die sie von ihrer Mutter und von ihrer Patentante Esmeralda gelernt hat. Die Frau versteht sie, sie weiß nur nichts. Das Einzige, was sie von sich gibt, ist: „Tienes que casarse", du sollst heiraten.

Sie wäscht Marilyn und macht sie zurecht, sie kämmt und bürstet ihr die Haare. Marilyn lässt die Frau gewähren, es ist ihr egal. Sie hatte sich zu Hause schon ein schönes Kleid angezogen, um für den Besuch bei Mickey hübsch zu sein. Deshalb hatte sie auch den Einspänner benutzt, anstatt zu reiten. Dieses Kleid wird etwas hergerichtet, glatt gestrichen und die Schleife neu gebunden. Wenn ihr nicht immer wieder aus rotgeränderten Augen Tränen die Wangen hinunterlaufen würden, würde sie atemberaubend aussehen.

Die Tür wird wieder geöffnet und William Breckinridge tritt ein. Er sieht den letzten Tätigkeiten der Mexikanerin zu. „Meine künftige Frau kann sich sehen lassen", lobt er und versucht Marilyn seinen, beziehungsweise Geoffrey Banks Plan, zu erklären. Marilyn versteht zuerst überhaupt nichts, was redet er immer so ein Zeug von Heiraten?

„Sieh doch nur", sagt William Breckinridge, „du wirst an meiner Seite die wohlhabendste Frau im ganzen Tal sein. Ich werde dir teure Kleider kaufen und dir jeden Wunsch erfüllen."

So ganz langsam dringt durch Marilyns Trauer, was der Rancher ihr mitzuteilen versucht. Sie soll ihn heiraten! Sie, die eigentlich mit Mickey glücklich werden wollte. Mickey ist doch tot! Die Tränen fangen wieder an zu laufen, es ist alles so zwecklos. Dann kann sie auch die reichste Frau im Tal sein, das ist nun auch egal. Es ist alles egal! Es sieht auch nicht so aus, als könne sie irgendwas dagegen unternehmen. Ob ihr Vater weiß, was passiert ist?

Widerstandslos lässt sie sich nach unten führen. In dem großen Wohnzimmer wird eifrig umgeräumt und alles für die Hochzeitszeremonie vorbereitet.

Eine Kutsche kommt auf den Hof gefahren. Zwei Männer steigen aus, den einen erkennt sie als den Besitzer des Boardinghauses und der andere ist Frank James, der Inhaber des Gunshops. Beide sind in ihrer zweiten Funktion hier. Der erste hat einen Anzug angezogen, der zweite seinen Talar.

Die Hochzeitszeremonie beginnt, Marilyn wird in die Mitte des Wohnzimmers geführt und William Breckinridge nimmt ihre Hand. Sie fühlt sich fleischig an, Marilyn hätte sich zu einer anderen Zeit der Berührung entzogen, im Moment ist es ihr gleich, ihre Tränen laufen wieder. Sie spürt den salzigen Geschmack auf den Lippen und vernimmt kaum die salbungsvolle Rede des Pastors. Als sie „Ja" sagen soll, kann sie nicht sprechen, ihr Hals ist wie zugeschnürt.

„Sie hat ja gesagt", sagt William Breckinridge neben ihr, „ich habe es genau gehört."

Der Pastor nickt. „Dann sind Sie jetzt Mann und Frau. Der Bräutigam darf die Braut jetzt küssen", schließt der Mann Gottes die Zeremonie ab. Der letzte Satz dringt wie durch einen Nebel zu ihr. Um Gottes willen, dazu ist sie jetzt nicht in der Lage! Sie bekommt von William Breckinridge einen Kuss auf die Wange. „Die Ringe gibt es später, die sind noch nicht fertig geworden", hört sie.

Im Hintergrund ist der Bürgermeister aktiv. Er hat eine Heiratsurkunde bei sich und füllt sie gerade aus, der Pastor ergänzt einen Eintrag im Kirchenbuch.

Tatsächlich, nun ist es amtlich. Sie ist Mrs. Marilyn Breckinridge, die reichste Frau im Tal. Das hat keine Bedeutung für sie, denn Mickey ist tot. Er ist der einzige Mann, den sie geliebt hat, niemand wird und kann ja an seine Stelle treten.

Die Reiter der Double-Box und andere Helfer haben sich in der Nähe der Breckinridge Ranch versteckt. Sie haben zwischen Bäumen, im Dickicht und hinter Felsen, Schutz gefunden. Die Entfernung zur Ranch beträgt eine Zehntel Meile, also etwa einhundertsechzig Meter. Mickey hat sich hinter einen Felsen gehockt und beobachtet die Vorgänge auf der Ranch. Ab und zu erkennt er den alten Rancher und gelegentlich geht Geoffrey Banks über den Hof, der hier von einem hohen Zaun umgeben ist. Natürlich, denkt er, der Bandit hat also auch hier seine Finger im Spiel.

Eine Kutsche fährt vor und er sieht den Bürgermeister und den Pastor aussteigen. Am liebsten wäre er sofort losgestürmt und hätte alle niedergeschossen, er zwingt sich, einen klaren Kopf zu behalten. Der Rancher hat etwa zwanzig Reiter bei sich beschäftigt, keiner davon sieht besonders vertrauenerweckend aus. Dann gibt es noch die Bande von dem Geoffrey Banks. Einige von denen hatten unter seiner Hand das Leben lassen müssen, er scheint immer noch drei Gefolgsleute zu haben.

Auf ihrer Seite sind von der Double-Box fünf Männer hier, von der Double-M werden wohl noch weitere vier dazu kommen. Außerdem stehen noch vier Freunde aus Gillette hinter ihm. Rein von der Personenzahl wäre das noch nicht ausgeglichen, dafür haben sie zwei entscheidende Vorteile auf ihrer

Seite: Der eine Vorteil ist der Grund des Kampfes. Die Reiter auf der Gegenseite kämpfen nur für Geld, seine Mitstreiter dagegen kämpfen für ihre Freunde, sie verteidigen ihr Recht und ihre Freiheit. Söldnerseelen würden sich im Falle einer wirklichen Gefahr zurückziehen und das Sterben anderen überlassen. Der zweite, wahrscheinlich entscheidende Grund, wird die Überraschung sein. Geoffrey Banks glaubt sich in Sicherheit, da er ihn zur Untätigkeit verdammt im Gefängnis wähnt. Die Entführung von Marilyn Baker hat entweder noch niemand bemerkt, oder es ist nicht bekannt, wo sie sich befindet.

Der gemeinsame Angriff der Cowboys ist nach Mitternacht vorgesehen, dann ist es dunkel und wahrscheinlich schlafen alle Bewohner der Ranch, so werden sie möglichst spät bemerkt.

Eine Wache ist in Sichtweite des Weges postiert, dort sollen die Reiter von der Double-M empfangen werden. Vier Stunden später kann man die Staubwolke der Reitertruppe erkennen. Vier Mann von der Henderson Ranch sind noch zusätzlich dabei, sodass es insgesamt acht Personen sind. Mickey nickt, so gefällt es ihm.

Mitchell Baker kommt zu ihm. „Mickey, ist es wahr, was mir erzählt worden ist?" Er ist in großer Sorge um seine Schwester.

„Ja, leider", sagt Mickey, „sie haben Marilyn hierher verschleppt. Ich sollte offensichtlich vorher unschädlich gemacht werden. Eigentlich sollte ich entweder tot sein oder im Gefängnis sitzen. Irgendetwas geht da drüben vor, wofür sie unbedingt Marilyn brauchen. Der Drahtzieher scheint Geoffrey Banks zu sein."

Mitchell hört sich das an und überlegt. „Du sagst, der Bürgermeister und der Pastor sind auch da?"

„Ja, die sind vor einer Stunde angekommen und seitdem sind alle im Haus."

Mitchell kommt eine Idee: „Das Einzige was mir dazu einfällt, ist eine Hochzeit."

„Hochzeit?", ruft Mickey. „Mensch! Du kannst tatsächlich Recht haben! Auf so einen absurden Gedanken bin ich nicht gekommen." Ihm geht die neue Idee durch den Kopf. „Wer soll denn der Bräutigam sein, der alte Rancher oder dieser Banks?", fragt Mickey.

„Das kann nur Breckinridge sein", sagt Mitchell, „denn sieh mal: Warum wären sie sonst hierher geritten und außerdem ist der Breckinridge alleinstehend, er hat bisher keine Erben für seinen Besitz."

„Was könnte der Bandit für einen Vorteil von dieser Verbindung haben?", fragt Mickey.

Mitchell überlegt. „Das kann, meiner Meinung nach, nur Geld sein. Breckinridge soll ja genug davon haben."

Mickey schwirrt der Kopf. Was kann er machen, wenn Marilyn heute noch verheiratet werden soll? Was macht er dann mit ihrem Ehemann? Es kommt ihm völlig absurd vor, sich seine Marilyn mit diesem Mann verheiratet vorzustellen. Ein Seufzer entringt sich ihm aus tiefstem Herzen. Das Wichtigste ist doch, dass sie am Leben bleibt, alles andere wird sich finden.

Die Hochzeitszeremonie ist beendet. Der Pastor und der Bürgermeister stehen vor der Tür und sprechen mit William Breckinridge. Bevor die beiden in die Kutsche steigen, steckt ihnen der Rancher noch etwas zu.

Marilyn sitzt im Wohnzimmer und kann immer noch nicht begreifen, was hier passiert. Immer wieder denkt sie an den toten Mickey, wieder laufen ihr Tränen über das Gesicht. Geoffrey Banks kommt herein und setzt sich ihr gegenüber. Er hat ein Grinsen auf dem Gesicht. „Wie fühlt man sich als verheiratete Frau? Und noch dazu als reichste Frau im ganzen Tal?"

Marilyn erstarrt. Sie kann diesem schrecklichen Kerl nicht ausweichen, sie sieht nur stumm auf den Boden.

„Warte nur ab, es wird sich noch alles zum Guten wenden, du wirst schon sehen." Mit diesen Worten steht der Bandit auf und wendet sich zur Tür. Dann fängt er an zu lachen, ein sehr lautes, furchtbares Lachen, sodass Marilyn ein Schauer den Rücken hinunterläuft. Sie hört ihn noch lachen, als er das Zimmer verlassen hat.

Die Sonne geht unter und die Dämmerung setzt ein, blaue Schatten entstehen und werden immer länger und dunkler.

Die Freunde halten vor der Ranch eine Besprechung ab. Ihr Plan kommt jetzt zur Durchführung und muss klappen. Er muss!

Der Junge Falke soll mit zwei Männern alle Pferde, die neben den Gebäuden angebunden sind, forttreiben und sie in ausreichender Entfernung wieder festbinden. Äußerste Ruhe ist wichtig, damit die Bewohner nichts bemerken. Alle anderen Männer sollen sich der Ranch soweit wie möglich nähern, und sich im letzten verfügbaren Versteck verbergen, wie zum Beispiel hinter den vielen Sträuchern, und auf den Befehl zum Angriff warten. Mickey und Mitchell gehen als erste, um die Lage auszukundschaften. Vorsichtig schleichen sie sich zum Haus und nutzen dabei jede Möglichkeit zur Deckung.

Drinnen ist Ruhe eingekehrt, Marilyn ist alleine im Schlafzimmer. Sie liegt angezogen auf dem Bett und dämmert vor sich hin, wirre Gedanken gehen ihr durch den Kopf und sie fühlt eine furchtbare Leere.

Geoffrey Banks sitzt bei William Breckinridge im Büro, sie sprechen miteinander. „So", sagt Geoffrey Banks zu dem Rancher, „Hat doch alles geklappt, oder?"

Der Rancher brummt etwas wie Zustimmung. „Ja, rein formal ist alles in Ordnung, nur gefällt mir diese traurige Gestalt nicht, die jetzt meine Frau geworden ist."

„Warten Sie nur ab", sagt Geoffrey Banks, „lassen Sie nur ein bisschen Gras über diese ganze Geschichte wachsen, dann werden Sie noch ganz zufrieden sein." Er zieht seinen Revolver heraus, zielt am Lauf entlang und dreht die Trommel mit den Fingern. „Klick- klick - klick", tönt es jedes Mal, wenn die Sperrklinke einrastet. „Eigentlich ist das ganz egal."

„Was ist ganz egal?", der Rancher blickt den Verbrecher fragend an.

„Es ist ganz egal, ob sie dich noch mögen wird oder nicht."

„Wieso ist das egal?"

„Na ja, weil du nicht mehr lange leben wirst."

Er hebt den Revolver und zielt auf den Kopf des Ranchers. „Jetzt beginnt der letzte Teil meines Planes!" Er lacht, dabei funkeln seine Augen den Rancher finster an, der fühlt plötzlich eine entsetzliche Angst in sich aufsteigen.

Geoffrey Banks fährt fort: „Der letzte Teil meines Planes ist dein Tod, mein lieber Geldsack. Dann gehört alles mir!" Er lacht wieder, immer lauter. „Alles! Deine schöne Frau, dein Geld und dein Land!" Denn er würde sich Marilyn Breckinridge zur Frau nehmen, früher oder später, sie ist ihm jetzt willenlos ausgeliefert. Dann gehört sie ihm endlich, die wunderschöne Frau, die ihn erst geliebt und später abgewiesen hat.

„Nein!", ruft der Rancher, seine Stimme überschlägt sich vor Entsetzen. „Wir können uns bestimmt einigen, ich gebe Ihnen von meinem Geld, so viel Sie wollen!"

Geoffrey Banks lacht. „Das gehört mir dann doch sowieso!" Er hebt den Colt und gibt einen Schuss auf den ein paar Schritte vor ihm sitzenden Rancher ab. Die Kugel trifft genau zwischen die Augen, Blut spritzt an die Wand. Der Rancher ist sofort tot, auf seinem Gesicht spiegelt sich noch das Entsetzen der letzten Sekunden.

Mickey und Mitchell sind draußen vor dem Ranchhaus und schleichen am Zaun entlang. Plötzlich hören sie einen Schuss aus dem Haus. Mickey hat große Sorge um Marilyn, nun hält es ihn nicht mehr. Mitchell hilft ihm, über den Zaun zu klettern, er springt in großen Sätzen auf das Haus zu und schleicht daran entlang. Hinter der Küche findet er eine unverschlossene Tür, die er leise öffnet. Im Haus ist es ruhig, irgendwo hört er Dielen knarren, aus einem Raum dringt ein schwacher Lichtschein. Mickey befindet sich jetzt im Flur im Erdgeschoss.

Das Wichtigste für ihn ist, Marilyn zu finden. Wo mag sie nur sein? Er wird sich Zimmer für Zimmer vornehmen müssen. Leise geht er die Treppe hinauf, im Obergeschoss ist es dunkel. Er geht über die Dielen, zweimal knarrt ein Bodenbrett und es durchfährt ihn jedes Mal ein Schreck. Er fasst an jede Klinke und versucht die Türen zu öffnen. Alle Zimmer sind unverschlossen, aber leer. Er muss nur noch den letzten Raum untersuchen, dann wird er nach unten gehen, um dort seine Suche fortzusetzen.

Das Zimmer ist dunkel, er spürt aber, dass jemand hier ist. Er drückt sich an die Wand und hebt seinen Revolver. „Hallo?", fragt er leise. Er hört jemand atmen, es klingt eher noch wie Weinen. Er wiederholt seinen leisen Ruf: „Hallo, ist da jemand?"

„Mickey?", hört er leise aus der Dunkelheit.

„Marilyn?", ruft er leise, „um Gottes willen, Marilyn!"

Er macht einen Schritt ins Dunkel hinein, stolpert und fällt auf das Bett, das hier steht. Er fühlt ihren warmen Körper und hört ihre Stimme an seinem Ohr.

„Mickey, Mickey", immer wieder. „Mickey, mein Mickey". Marilyn tastet nach seinem Arm und hält ihn fest. „Man hat mir erzählt, dass du tot bist! Du kannst dir nicht vorstellen, wie ich mich gefühlt habe!"

Er umarmt und küsst sie. „Küssen Tote so?", er umfasst sie mit beiden Armen und zieht sie fest an sich, er küsst ihr Gesicht und schmeckt das Salz der Tränen, die bis eben geflossen sind. „Meine liebste Marilyn, ich würde gerne hier bei dir bleiben, ich muss jedoch leider weiter. Dein Bruder ist auch hier und hilft mir - und noch sechzehn weitere Männer, du siehst also, dass wir mit dieser Bande jetzt endgültig aufräumen werden. Bleib hier und zeig dich nicht am Fenster!"

Marilyn mag ihn nicht loslassen. „Seid bloß vorsichtig, diesen Verbrechern bedeutet ein Menschenleben gar nichts."

Mickey steht auf und geht in den Flur hinaus. Er steht einen Moment still und lauscht auf Geräusche, im Haus ist alles ruhig. Vorsichtig steigt er die Treppe hinunter. Es ist fast finster, sodass er sich am Geländer nach unten tasten muss. Dort leuchtet ein schwacher Lichtschein, die Lampe dazu steht im Büro von William Breckinridge. Die Tür ist einen Spalt breit geöffnet; Mickey tritt vor die Tür und sieht vorsichtig hinein. Er erschrickt, als er den toten Rancher im Sessel liegen sieht, das Gesicht ist noch immer angstverzerrt. Die Wand hinter seinem Kopf ist rot von Blut.

Im Zimmer ist nur der tote Großrancher, Mickey geht auf den Flur zurück. Aus dem Nebenzimmer kommen Geräusche, die Tür ist geschlossen und ein Lichtschein sickert unter ihr hindurch. Er versucht, durch das Schlüsselloch in den Raum zu sehen, der Schlüssel steckt und verhindert eine genaue Beobachtung. Er kann nur erkennen, dass sich dort jemand bewegt. Mickey stößt die Tür mit einem kräftigen Tritt auf, er springt sofort zur Seite und hebt seine Waffe. Dann nähert er sich vorsichtig der Türöffnung. Ein Schuss kracht, eine Kugel zischt vorbei und durchschlägt die Wand hinter ihm. Er konnte erkennen, dass es Geoffrey Banks war, der aus dem Zimmer auf ihn geschossen hat. Er springt an der Türöffnung vorbei und sieht dabei kurz hinein, Geoffrey Banks ist offenbar dabei, einen Schrank zu durchsuchen. Mickey hält seine Waffe in den Türrahmen und gibt einen ungezielten Schuss ab. Es kommt eine Kugel zurück, die jedoch, ungefährlich für ihn, genau durch die Mitte der geöffneten Tür fliegt. Er hört das Klirren einer Scheibe, Mickey kriecht auf dem Boden zur Tür und sieht in das Zimmer. Das Fenster neben dem Schrank ist zerborsten, es sieht so aus, als ob Geoffrey Banks das Glas eingeschlagen hat und nach draußen gesprungen ist. Mickey läuft zum Fenster und sieht vorsichtig hinaus. Im schwachen Schimmer einer Lampe, deren gelbes Licht aus dem Fenster des Büros zu kommen scheint, kann er jemanden in Richtung Scheune laufen sehen. Er hört Schüsse im Hintergrund, offenbar haben seine Leute die Schüsse aus dem Haus als Anlass genommen, anzugreifen. Das passt sehr gut in seinen Plan, er kann nur darauf hoffen, dass er nicht versehentlich selbst getroffen wird.

Er springt auch durch das Fenster und läuft hinter dem Schatten von Geoffrey Banks her, dabei immer auf Deckung achtend. In der Scheune ist es dunkel, auf den Hof dagegen leuchtet schwaches Licht aus dem Büro, sodass er von innen aus der Scheune gesehen werden könnte. Vor dem Schober angekommen, gibt er einen Schuss in das dunkle Loch des Tores ab, es kommt keine Reaktion. So leicht lässt sich Geoffrey Banks nicht zu einem unüberlegten Schuss verleiten, einem Schuss, der seine Position verraten würde.

Mickey duckt sich hinter einen Wassertrog und überlegt, sein Blick sucht die Scheune ab.

Es wird hell, erste Sonnenstrahlen scheinen hinter den Bergen hervor, Schatten entstehen, erst dunkelblau, dann werden sie langsam purpurn und immer heller, eine Viertelstunde später leuchtet der erste Sonnenstrahl über die Wipfel der Bäume. Mickey hat die ganze Zeit die Scheune im Blick, er hat sich jetzt vorsichtig erhoben, um hinter sie sehen zu können, nicht, dass ihm der Bandit in letzter Minute entkommt. Mickey hat Zeit, spätestens wenn es ganz hell ist oder seine Helfer hier eintreffen, hat der Bandit auf jeden Fall verloren.

Die Schüsse im Hintergrund gehen hin und her, mal ist ein Schusswechsel an einer Stelle, dann wieder anderswo. Mickey bekommt den Eindruck, als wenn das Krachen der Schüsse nachgelassen hat, nur noch vereinzelt fällt ein Schuss. Er versucht, im zunehmenden Licht etwas in der Scheune zu erkennen, in dem fast fensterlosen Gebäude ist es immer noch sehr dunkel. Er richtet sich auf und macht einen Hechtsprung durch das Tor in die Scheune, es fällt ein Schuss - der ihn verfehlt. Sofort schießt Mickey auf die Stelle, an der er das blaue Mündungsfeuer gesehen hat, wieder pfeift eine Kugel in seiner Nähe vorbei. Mickey gibt zwei Schüsse hintereinander auf die letzte Position ab und läuft mit großen Sprüngen weiter in die Scheune hinein. Er entdeckt Geoffrey Banks, er kauert hinter einer Trennwand und lädt seinen Revolver nach. Er ist gerade fertig und springt auf, wirbelt herum und richtet seinen Revolver auf Mickey, der ist nicht unvorbereitet, er hat den Mann bereits im Visier und drückt ab. Sein Revolver kracht und durch den Rauch hindurch sieht er den Banditen zusammenbrechen. Vorsichtig nähert er sich ihm, den Revolver auf ihn gerichtet. Der Mann auf dem Boden ist tot. Neben der Erleichterung, den Verbrecher endlich unschädlich gemacht zu haben, beschleicht ihn die unangenehme Erkenntnis, wieder jemanden getötet zu haben.

Er geht zum Tor der Scheune und horcht nach draußen, es ist still, kein Schuss ist mehr zu hören. Die Sonne scheint jetzt durch die Wipfel der Bäume und taucht die Gebäude der Ranch in goldenes Licht.

Aus dem Haupthaus kommen zwei Männer mit gezogenem Revolver heraus. Sie gehören zu seinen Leuten, er ruft sie an und winkt mit dem Arm, sie erkennen ihn und laufen ihm entgegen. Die beiden berichten, dass die gegnerische Seite nach ersten Schusswechseln aufgegeben hat. Die Bande von Geoffrey Banks ist verschwunden, sie haben sich auf ihre Pferde geschwungen und sind geflüchtet.

Die Anführer - William Breckinridge und Geoffrey Banks - sind tot, es gibt für die verbliebenen Männer der Strich-B Ranch keinen Grund mehr, länger ihr Leben zu riskieren.

Alles Weitere kann warten, jetzt muss Mickey erst nach Marilyn sehen. Er läuft ins Haus und springt mit großen Sätzen die Treppe hinauf. Sie ist noch in dem Zimmer, in dem er sie zurückgelassen hat, sie sitzt auf dem Bett und Mitchell steht neben ihr.

„Mickey!", rufen beide, als sie ihn erkennen. Marilyn springt auf und umarmt ihn, Mitchell steht hinter beiden und lacht Mickey an. „Sei vorsichtig mit meiner Schwester, du hältst jetzt eine vermögende Witwe im Arm." Er krümmt sich vor Lachen, als er Mickeys dummes Gesicht sieht. „Tja,

Mickey, ich denke, dass dir Marilyn eine Menge zu erzählen hat."

Zuerst muss Marilyn ihren Schatz liebkosen, sie ist so glücklich, dass sie ihn wieder umarmen kann.

Mickey erfährt die ganze Geschichte, die Entführung und das Abenteuer mit der Trauung. Er berichtet, dass er den toten Rancher gefunden hat und vom Schusswechsel mit Geoffrey Banks. Marilyn ist über dessen Tod unendlich erleichtert; Geoffrey Banks hat seit der ersten Begegnung, wie ein Fluch auf ihrem Leben gelegen.

„Ich weiß, man soll so etwas nicht sagen, ich bin jedenfalls heilfroh, dass dieser schreckliche Kerl endlich tot ist."

Mickey fasst sie fest an der Hand, dann gehen sie auf den Hof hinaus und rufen die verbliebenen Reiter der Strich-B Ranch zusammen.

„Männer!", ruft Mickey. „Euer Boss ist tot, erschossen von Geoffrey Banks, der Bandit selbst ist auch nicht mehr am Leben."

Die Reiter nehmen diese Information gelassen entgegen. Der reiche Rancher war nicht beliebt bei seinen Leuten, Geoffrey Banks hatte ohnehin keine Freunde unter den Männern, die meisten machten einen Bogen um ihn.

Mickey fährt fort: „Nach dem momentanen Stand der Dinge ist diese Frau hier", er zeigt auf Marilyn, „seine rechtmäßige Witwe." Die Männer murmeln unverständliche Worte, Mickey fährt fort „Da ich gedenke, sie zu heiraten, werde auch ich bald der Eigentümer dieser Ranch sein. Was wir jedoch aus dem großen Besitz machen werden, ist mir im Moment noch unklar."

Marilyn sieht zu ihm hoch und strahlt ihn an. Das war ganz klar ein Heiratsantrag, noch dazu vor vielen Zeugen. Sie schiebt ihren Arm unter seinen und drückt sich an ihn.

Die Rückfahrt beginnt, Marilyn steigt mit Mickey auf ihren Wagen, sein treuer Brighty muss wieder hinterherlaufen. Mitchell führt seine Cowboys und die von der Henderson Ranch an, Jimmy übernimmt die Führung der Männer von der Double-Box, Mickeys Freunde aus Gillette wollen ihn bis zum alten Postweg begleiten.

Leider haben sie zwei Tote zu beklagen, die sie am nächsten Tag abholen und beerdigen werden, Mickey ist sich bewusst, dass diese Männer für ihn gestorben sind, das liegt ihm schwer auf der Seele. Er hält die Zügel, Marilyn sitzt neben ihm und hat sich an ihn gelehnt. Die Ereignisse der letzten beiden Tage gehen ihr durch den Kopf. Wie ein böser Traum kommt es ihr jetzt vor.

Mickey sieht sie an. „Ich bin jetzt mal gespannt, was der Marshall zu unserer Geschichte sagen wird, der hat bestimmt schon eine Posse losgeschickt, um mich wieder einzufangen."

Marilyn lacht. „Das kann durchaus sein. Aber bei dem, was ich ihm zu erzählen habe, wird er seinen Irrtum einsehen. Diesmal hast du genügend Zeugen auf deiner Seite."

Sie queren die Furt und erreichen den Postweg, ihre Freunde trennen sich von ihnen und reiten nach Gillette zurück. Mickey gibt ihnen noch mit, dass sie dem Marshall unbedingt von diesem Abenteuer erzählen müssen. „Ich muss sowieso noch hin, um meine Waffen abzuholen, aber zuerst muss ich meine Freundin nach Hause bringen."

Es ist Mittag, als sie die Double-M Ranch erreichen. Mark Baker hat schon von seinen Reitern von dem Abenteuer erfahren, und ist sehr froh, seine Tochter unverletzt wiederzusehen.

Er setzt sich mit Mickey und Marilyn vor das Haus, und lässt sich alles haarklein erzählen.

Als Marilyn erwähnt, dass Mickey ihr vor allen Leuten die Heirat versprochen hat, lacht der alte Mann und sagt zu ihm: „Du willst also eine reiche Witwe heiraten! Das kann ich mir vorstellen, du Gauner!" Er lacht wieder: „Nein, mein Sohn, das ist völlig in Ordnung, ich beobachte schon eine ganze Weile, wie gut ihr euch versteht. Meinen Segen habt ihr auf jeden Fall."

Sie sprechen über die Breckinridge Ranch und über die Möglichkeiten, die sich daraus ergeben könnten. Mickey macht einen Vorschlag: „Diese Ranch hier, die Double-M, ist die schönste Ranch, die ich kenne, ich finde sie groß genug. Was sollen wir mit dieser riesigen Ranch? Ich schlage deshalb vor, dass wir das Land aufteilen und verkaufen, verpachten oder so etwas in der Art."

Die beiden sehen ihn an, dann blickt Mickey zu Marilyn: „Du bist die Besitzerin, letztendlich ist es deine Entscheidung."

Marilyn sieht zu ihrem Vater, dieser nickt, dann wendet sie sich wieder zu Mickey: „Das ist ein guter Gedanke! Es ist nicht richtig, dass so viel Land nur einem Einzelnen gehören soll. Wir sollten in den nächsten Tagen mit den Reitern von der Strich-B sprechen, vielleicht gibt es unter ihnen sogar Interessenten für einen kleinen Teil der Ranch. Und im Gillette Mirror könnte man eine Anzeige aufgeben."

Mickey verabschiedet sich von den beiden, nicht ohne seine wiedergewonnene Marilyn fest an sich zu drücken.

Auf der Double-Box ist noch alles in großer Aufregung. Als Mickey eintrifft, ist er der Held des Tages, er wiegelt jedoch ab, „Die wahren Helden sind die beiden Jungs, die ihr Leben gelassen haben, ihnen gebührt der Dank und unsere Trauer."

Kurz tritt Stille ein, dann fährt Mickey fort: „Morgen holen wir die beiden und werden sie beerdigen." Die Männer nicken und gehen auseinander. Mickey setzt sich mit Tippy Overbeck zusammen, und berichtet ihm alle Details. Das meiste hat der Rancher inzwischen schon gehört, als er jedoch von dem Plan erfährt, die Strich-B aufzuteilen, ist er begeistert. „Das halte ich für eine sehr gute Idee. So erhalten viele Familien ein schönes Stück Land, und wir haben nicht mehr das Problem mit einem übermächtigen Nachbarn."

Mickey ist froh, dass seine Idee so viel Zustimmung findet. „Ich will morgen nach Gillette reiten, es gibt jetzt eine Menge zu regeln, ich muss mich auch beim Marshall sehen lassen und ihm von den neuen Umständen erzählen, sonst sperrt er mich doch noch wieder ein.

„Reite nur, wir werden dich auch noch einen weiteren Tag entbehren können", fügt der Rancher lachend hinzu.

Am nächsten Morgen reitet Mickey nach Gillette. Die Sonne scheint wieder warm von einem fast wolkenlosen Himmel. Von den Hängen weht ihm ein würziger Duft aus Tanne, Salbei und Rosmarin entgegen. Während er reitet, sinnt er über die vergangenen Monate nach. Zuerst war ihm Gillette genau so trostlos wie alle anderen Orte vorgekommen, durch die er geritten war. Und jetzt? Er hat einen alten Freund wiedergefunden und ein paar neue dazugewonnen. Und die größte Liebe seines Lebens hat er hier gefunden, das süßeste und schönste Mädchen auf der Welt. Nein, hier wird er bleiben, hier ist jetzt seine Heimat.

Sein Vorhaben, das Leben mit der Waffe aufzugeben, konnte er leider nicht in die Tat umsetzen, er ist mittlerweile zu dem Schluss gekommen, dass es immer Banditen wie Geoffrey Banks geben wird. Ist man einen losgeworden, kommt aus irgendeinem Loch der Nächste, und die lassen sich nun mal nicht mit guten Worten davon abhalten, Verbrechen zu begehen. Männer wie ihn, die für Ruhe und Frieden sorgen, muss es immer geben.

Sein erster Besuch in Gillette führt ihn zum Büro des Marshalls. Dieser ist in seinem Office und sieht ihn missmutig an, als er eintritt.

„Ich denke, Marshall, dass du keinen Grund mehr hast, mich hinter deine Gitter zu sperren, oder?"

Der Gesetzesmann nickt. „Ich sehe ein, dass ich dir Unrecht getan habe, die Aussage der angeblichen Zeugen ließ mir jedoch keine andere Möglichkeit." Er dreht sich zum Schrank und schließt ihn auf. „Hier hast du deine Waffen zurück." Er macht eine Pause und sieht Mickey mit einem Grinsen an: „Wer bezahlt die Reparatur meiner Zelle? Es sieht aus, als hätte dort ein Erdbeben stattgefunden."

Mickey lacht ihn an. „Ich kenne da ein reiches Mädchen, die wird das gerne für mich bezahlen."

Sie lachen beide, dann berichtet Mickey dem Marshall von dem Plan, den ehemaligen Breckinridge-Besitz aufzuteilen. Der Marshall ist ebenfalls angetan von der Idee. „Ich habe immer nur Ärger mit dem Mann und seinen Reitern gehabt. Ich bin heilfroh, dass das nun endlich vorbei ist."

Mickey feixt „Tja, mein Lieber, trotzdem hast du denen mehr geglaubt, als mir. Das vergesse ich nicht so schnell."

„Ist ja schon gut, ich sehe es ja ein!", der Marshall ist sichtlich zerknirscht.

Mickey steckt seine Waffen ein und besucht seine Freunde im Ort. Alle freuen sich über den Ausgang der Fehde. Ein Weg führt ihn zu John Clarkdale. Er findet ihn nicht in seinem Büro, sondern auf der Baustelle seines neuen Hauses. Er und seine frisch gebackene Frau, die frühere Miss Helen Overbeck, sind bei den letzten Dekorationsarbeiten. Nächste Woche soll Einweihung sein, er und Marilyn werden schon mal eingeladen.

Mickey nimmt John beiseite und spricht zu ihm: „Ich möchte mich ganz herzlich für deine spontane Hilfe bedanken."

„Ich bin froh, dass es uns gelungen ist, mit dieser Brut aufzuräumen. Was ist das nur für ein perfider Plan von diesem Verbrecher gewesen! Wir müssen uns nachher noch mal in aller Ruhe zusammensetzen, damit ich den ganzen Ablauf korrekt wiedergeben kann."

Mickey stimmt zu. „Da ist etwas, das ich noch viel lieber in deiner Zeitung sehen möchte."

John Clarkdale sieht ihn fragend an.

Mickey lächelt glücklich: „Ich möchte gerne eine ganz dicke Zeile mit folgendem Text:

»Ihre Verlobung geben bekannt:
Marilyn Baker-Breckinridge und Mickey Callaghan«.

Nachwort

Hat Ihnen das Buch gefallen? Oder auch nicht? Möchten Sie Vorschläge abgeben? Haben Sie Fragen zum Wilden Westen?

Dann kontaktieren Sie mich unter der E-Mail Adresse:
Allan.Greyfox@online.de

Informationen zu diesem und den anderen Büchern von mir finden Sie im Web unter:
www.allan-greyfox.de

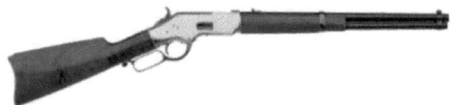

Wenn es Sie interessiert, geschätzte Leserinnen und Leser, wie das Leben unseres jungen Helden weitergeht und wie es begonnen hat, so empfehle ich Ihnen folgende Romane:

- Vom Herumtreiber zum Gunfighter
- Dieses Buch, der Reiter aus Laramie
- Das Tal der Siedler
- Die Minenstadt

Alle Romane sind so angelegt, dass sie auch einzeln und ohne Kenntnis der anderen Teile gelesen werden können.

Ein weiteres Buch ist entstanden, es schließt die Lücke zwischen den Wildwest Romanen und den Detektivgeschichten. Es ist ein historischer Roman:

- Töchter des Stahls
  Amerika von 1922 – 1947

Der Werdegang eines Enkels von Mickey Callaghan, dem Revolverkämpfer, wird beschrieben, sowie die Entwicklung eines schönen und reichen Mädchens. Die schwierigen Zeiten mit ihren Verbrechern und der Not der damaligen Zeit wird lebendig.

Interessieren Sie sich für weitere Abenteuer des Detektivs?
Dann könnten die folgenden Detektivromane für Sie interessant sein:

- Der Tod im Paradies
- Schwarze Weihnachten in Manhattan
- Mit dem Fahrstuhl kam der Tod

Sie spielen in Manhattan in der Mitte des vorigen Jahrhunderts. Der Privatdetektiv Mike Callaghan, seine schöne Freundin und Partnerin und mehrere gute Freunde bilden ein sympathisches Ermittlerteam.

Unter dem richtigen Namen des Autors sind bisher drei lokale Kriminalromane und ein Jugendkrimi erschienen. Sie behandeln die Fälle des Kommissar-Gespannes Krüsmann und Hansen. Sie spielen in der Niederelberegion zwischen Stade und Cuxhaven.

- Der Kreidestrich

    Ist ein Krimi, der vor fünfzig Jahren handelt, die Zementfabrik in Hemmoor spielt eine wichtige Rolle. Hier findet eine vor den Schergen ihres Zuhälters geflohene Prostituierte Arbeit. Dieser Roman ist der erste Fall der Kommissare Krüsmann und Hansen.

- Fähre ins Jenseits

Der zweite Fall der Kommissare Krüsmann und Hansen. Auf der Schwebefähre in Osten wird der ehemalige Kommandant eines Konzentrationslagers von einem früheren Häftling wiedererkannt. Um der Bestrafung zu entgehen, beginnt eine Spirale des Todes.

- Die Chemie stimmt

Ein Chemieriese will an der Elbe bei Stade ein neues Werk errichten.

Die Besitzer der Ländereien wittern das große Geschäft, Neid auf den Besitz des anderen entsteht.

Ein junges Paar gerät in die Verstrickungen zwischen den Landbesitzern, an einem Mord muss sich ihre Liebe beweisen.

Die Hoffnungen und Sorgen der Anwohner der Industriegiganten werden lebendig.